本书获2018年贵州省出版传媒事业发展专项资金资助

侗族民间口传文学系列
（第2辑）

卜谦/主编

# 相 思 之 苦

杨成怀/副主编
杨成怀 石建基/收集
杨艳江 杨广珠 杨亚江/整理翻译

贵州出版集团
贵州民族出版社

图书在版编目（CIP）数据

相思之苦：侗文、汉文对照／卜谦主编；杨成怀，
石建基收集；杨艳红，杨广珠，杨亚江整理翻译. —— 贵
阳：贵州民族出版社，2018.12
（侗族民间口传文学系列. 第2辑）
ISBN 978 - 7 - 5412 - 2438 - 6

Ⅰ. ①相… Ⅱ. ①卜… ②杨… ③石… ④杨… ⑤杨
… ⑥杨… Ⅲ. ①侗族 – 民歌 – 作品集 – 中国 – 侗、汉
Ⅳ. ①I277.297.2

中国版本图书馆 CIP 数据核字（2018）第 301450 号

侗族民间口传文学系列（第2辑）
相思之苦
卜　谦　主　编
杨成怀　副主编
杨成怀　石建基 收集
杨艳红　杨广珠　杨亚江 整理翻译

□出版发行　贵州民族出版社
□出 版 地　贵阳市观山湖区会展东路贵州出版集团大楼
□印　　刷　贵阳精彩数字印刷有限公司
□开　　本　787mm×1092mm　1/16
□印　　张　10.5
□版　　次　2018 年 12 月第 1 版
□印　　次　2018 年 12 月第 1 次印刷
□字　　数　170 千字
□书　　号　ISBN 978 - 7 - 5412 - 2438 - 6
□定　　价　46.00 元

# 前　言

侗族民间文学丰富多彩,体裁多样,主要有歌谣、戏剧、故事、"君"(说唱)等形式,其中不乏脍炙人口的经典之作,深受广大侗族群众的喜爱。如被改编成戏剧和电影的《珠郎娘美》、传遍侗族山乡的《金汉列美》等等。侗族民间文学以本民族语言为载体,以口传的方式传承,其中歌谣占大部分。中华人民共和国成立前,由于侗族没有自己的文字,歌谣、故事等的皆以口传方式传承。老教小,小学老,一代传一代,祖祖辈辈口耳相传下去。其实,在戏剧、故事和"君"里面,也是有很多唱的成分穿插在里面的。所以说,侗族民间文学,也是以歌谣为主的民间口传文学。

侗族是中国境内横跨四省区的一个民族,总人口有近300万。侗族语言属于汉藏语系壮侗语族侗水语支。侗族是一个喜欢唱歌的民族,"饭养身,歌养心"是对侗族人民热爱歌的写照。生活中,侗族以歌代言、以歌传情、以歌立规、以歌述史,歌谣成为侗族人民生活中不可或缺的组成部分,也是侗族文化的重要组成部分。侗族民间歌谣经过千百年的积累,形成了今天广布侗族民间并唱响世界的各类经典歌谣。

歌谣是侗族人民创作的一种口头文学体裁,是侗族人民生活实践、思想感情和理想愿望的真实反映。从歌谣产生和发展的历史规律来看,歌谣伴随着人类社会的产生而出现,是人们智慧的口头体现。因此,侗族民间歌谣应该先于故事、戏剧和"君"而产生,是侗族最早的一种民间文学体裁。以歌谣为代表的侗族民间文学是侗族人民长期生活经验和心灵情感积累的展示,体现着广大侗族人民群众的集体智慧,也折射出侗族人民的哲学思想,更表现了侗族追求美与善的民族性格。

从历史上看,侗族地区远离历代中央王朝的势力范围,远离传统中国的政治、经济和文化的中心。因此,千百年来侗族一直固守着本民族独有的文化,保持着本民族文化的特质,随着生活经验的不断积累和思想感情的不断升华,包括民间文学在内的侗族文化得到了较好的发展。唐以后至宋、元、明时期,随着中央王朝对民族地区实行羁縻政策和改土归流制度,朝廷的统治及至侗族地区,汉族文化影响力逐渐进入到封闭的侗族地区,给侗族文化注入了新的元素,催生了具有外来文化元素的新的民族文化种类,例如侗族的戏剧及说唱艺术就是经过侗、汉两种文化的整合后顺势而产生的。清道光年间,侗族文人吴文彩将侗族的"君"和琵琶歌与汉族戏剧结合起来,形成了一个具有浓郁侗族特色的戏曲剧种,这就是侗戏。如此等等,这些都促进了侗族民间文学的发展。侗族民间文学在元、明、清时期进入发展繁荣阶段,及至"民国"时期乃至中华人民共和国成立后的几十年间,侗族民间文学一直稳步发展着。20 世纪60 年代的"文革"时期,包括侗族在内的少数民族民间文学受到一定程度抑制,很多民间文学资料被当成旧思想而惨遭扼杀,但口传民间文学特别是歌谣在侗族民间仍然盛行。像琵琶歌、拦路歌、侗戏等一些与侗族民间习俗密切相关的文学种类依旧为侗族群众所喜爱。进入20 世纪80 年代,随着中国的改革开放和经济的发展,以汉族文化为代表的强势文化深入侗族地区,客观地冲击着侗族文化的正常发展。特别是打工潮的出现,对侗族文化的冲击更大,随着一些老年歌师的相继离世,侗族文化面临着后继无人的局面,陷入了难以传承的尴尬境地。

科学的发展和传播技术的进步，使得现代文化对侗族文化也带来了更大的冲击，特别是互联网、电视、电影等新文化传播手段的增多，使包括侗族民间文学在内的许多民族古老文化濒临消亡。鉴于此，国家对包括侗族文化在内的少数民族文化采取了很多保护措施，将一些优秀的民族民间文化列入了保护的对象。侗族大歌就作为人类社会共有的非物质文化遗产而受到保护，侗族琵琶歌、侗戏也进入国家级非物质文化遗产行列。国家也在为抢救、挖掘和整理这些优秀的民间文化资料方面而努力，力求探索出真正能保护民族民间文化的新方法和新路子。对民间资料的收集整理加大了扶持力度，特别是在经费上更是向民族地区倾斜。如，国家新闻出版广电总局会同国家民委、财政部设立了少数民族文字出版专项资金，文化部专门有非物质文化遗产保护资金，文化传承人制度的建立等等。正是这些行之有效的抢救和保护措施，使得这些优秀的民族民间文化得到了有效保护。

从侗族民间歌谣种类的分布来看，琵琶歌分布地域最广，使用人群最多。贵州、湖南、广西的广大侗族地区均有分布。

侗族大歌虽然仅盛行于贵州、湖南、广西交界处的侗族地区，但大歌自20世纪80年代走出国门，唱响巴黎、轰动欧洲后，其优美的旋律和多声部特征受到人们的喜爱，并作为中国最有魅力的少数民族复调音乐种类而名噪世界。

祭萨歌是广大南部侗族地区祭祀女神萨玛时所唱的纪念性歌谣，颂扬这位侗族女性祖先的丰功伟绩，并祈求萨玛保护侗族山乡。从祭萨歌的内容来看，有讲述萨玛的来源的，也有叙述萨玛的战斗历程的，更多的是祈求萨玛保村护寨、歌颂萨玛的丰功伟绩的。

拦路歌作为侗族传统习俗"吃相思"民间集体做客活动必

不可少的礼仪歌谣也深受广大侗族群众的喜爱,在南部侗族地区特别是旅游业相对发达的村寨尤其盛行。随着时代的变迁,侗族拦路歌也顺应时代的变化而增添了一些新的内容,从侗族内部村寨礼仪发展到对外来客人的接待,以适应文化开放的需要和旅游业的发展。侗族拦路歌的变迁,反映侗族热情好客的民族性格,是研究侗族深奥的礼仪文化的珍贵民族学资料。

款词作为侗族社会特有的村寨管理条文,起着规范侗族村寨乡民行为、维护群众利益及保境安民的作用。款,是侗族社会历史上建立的以地缘和亲缘为纽带的部落与部落、村寨与村寨、社区与社区之间通过盟誓与约法而建立起来的带有区域行政与军事防御性质的联盟,是侗族古代的社会组织和社会制度的集中体现。款词就是记录古代侗族这一社会组织和制度的韵文式念词,它对规范侗族社会行为起着法律性质的作用。款词分为创世款、族源款、习俗款、出征款、英雄款、请神款、祭祀款等。

侗戏是侗族人民在长期的劳动生活中创造并喜闻乐见的一种艺术形式。侗戏由于是在侗族叙事性琵琶歌的基础上糅进了汉族戏剧的形式,因而有汉族戏剧的腔调和程式,更具有独特的本民族风格。自侗戏产生以来,侗族文人将本民族叙事歌的内容改编成侗戏剧本,产生了很多优秀的戏剧作品;也有移植自汉族历史故事的,如侗戏《梅良玉》改编自汉戏《二度梅》,《凤娇李旦》改编自历史故事《薛刚反唐》。由于侗族社会的相对封闭,外来文化特别是娱乐性文化难得进入侗族地区,因此这些揭露丑恶社会、激起群众思想波澜的剧目在侗族地区就深受欢迎,成为年节及平时娱乐活动的内容之一。

侗族民间口传文学体裁的多样性决定了它的适应能力比较强,生命力旺盛,在侗族山乡的任何地方,都有它生长的土壤。不论是歌谣、戏剧，或是说唱的"君"，都有各自对应的群体，特别是歌谣，侗族的男女老少都可以唱，任何时间任何地点都能唱，不同场合可以唱不同的歌。侗族民间口传文学之所以有强大的生命力，首先在于它来自民间，是侗族人民生活经验的总结和情感思想的真实反映。它与侗族的民族性格息息相关，与侗族的民族历史、风俗习惯紧密相连，很多人、很多场合都需要它。其次是侗族民间口传文学的艺术性较强，不论是语言艺术还是音乐艺术都具有鲜明的特征。语言上，有的质朴无华，自然率真，生动形象，能够通过含蓄的语言来表达细腻的思想感情。有的则紧凑凝练、言简意赅，一针见血地揭露事物的本质。在表现手法上，侗族民间口头文学也遵循韵文体文学的规律，灵活地运用了赋、比、兴来达到描写事物特征的目的，朴实的语言中表达褒贬之情。在侗族民间口传歌谣里，还大胆运用想象和夸张的表现技巧，使所要表达的思想感情熠熠生辉。在音乐艺术方面，以歌谣为代表的侗族民间口传文学能利用韵律来使作品本身与音乐旋律自然和谐地结合起来，读起来朗朗上口，唱起来优美动听。侗族民间口传文学的这些特征，使得侗族民间口传文学在相对封闭和简单的侗族社会里具有良好的生存环境。人们愿意使用、容易使用，民族性格、民族习惯又促使人们自然地去运用。正是这些因素，造就了多样性的侗族民间文学体裁和群众喜爱的丰富多彩的文学作品，也形成了一代传一代的自然习惯，并在缤纷多彩的中国民间文学之林占据一席之地。

　　进入新时期，随着人们对民族民间文化的逐步重视，文化保护意识得到进一步增强。国家在民族民间珍贵文化的保护上，有针对性地建立了传承人制度，这对有效保护和传承优秀的民族民间文化具有重要的作用。另一方面，各级文化单位或部门也加大对民间文学资料的收集整理工作,用少数民族语言文字去忠实地记录民间文学资料,以便使这些千百年创造和积累下来的珍贵口头资料得以保存,优秀文化特别是非物质文化得以记录和传承。在这一背景之下,我们本着保护文化的目的组织实施了"侗族口传文学系列"图书资料的收集整理和出版工作。该项目得到基层文化部门的大力支持和帮助,使资料的收集工作进展顺利进行。在民间文学资料的收集整理上,我们以流传于侗族民间歌师手中的汉字记侗音手抄歌本或田野调查所得的录音资料为蓝本,用20世纪50年代国家创制的标准侗族文字进行对照翻译,力求准确和完整地还原资料的原貌。在图书的出版上,经贵州民族出版社报国家新闻出版广电总局和财政部申请"国家民族文字专项资金"立项并获得资助。

在本项目实施过程中,由于时间和地域的限制,在资料收集的面上不能做到面面俱到,资料的种类也不够全面。在资料的翻译过程中,由于对歌谣中的个别古侗语词汇难以吃透,甚至在请教民间歌师后也无法准确翻译,只好以大概意思表达。这可以看出民族民间文化保护的重要性和紧迫性,再不保护,处于弱势的民族民间文化将逐步消失,我国多元文化共存的脆弱局面将会失衡。基于以上原因及组织者的水平所限,在项目实施中难免有遗漏和错误,敬请相关领域的专家学者批评指正。我们期待有更多的侗族民间文学资料能够整理出来,也期盼有更好的侗族民间文学作品面世,以飨广大读者之需,使优秀的侗族民间文化能够传承和发扬光大!

# 目　　录

相思之苦／

1

相思之苦

相思之苦

相思之苦

5

# Maenl Yaoc Bail Jenc
## 白天上坡

Maenl yaoc bail jenc
闷　尧　拜　廷
天　我　去　坡

白天上坡

qingk duc lagx mogc wuic wah
听　独　腊　猛　为　哇
听　只　小　鸟　鸣　叫

听到阳雀鸣叫

yaoc yah gaiv nyac pak sais ags,
尧　丫　介　牙　罢　哉　康
我　因　为　你　伤　心　多

我因为你悲伤多,

Maenl yaoc xangh liingx jenc pangp sags kgongl
闷　尧　香　岭　廷　胖　杀　共
天　我　登　上　坡　高　干　活

登上高坡干活

nyenh touk sungp daol
音　斗　送　到
记　起　咱　话

回忆我俩话语

dah kgoc gaos sap gaenv nyaenv
他　各　高　乍　更　　客
从　那　肩　膀　萦　　绕

情愫萦绕心头

jiul siip gungc kgaenh nyangc.
旧　岁　谷　根　娘
我　才　多　想　你

我分外想念你。

# Kgaox Sais Langc Lonh
# 郎心烦乱

| | | | |
|---|---|---|---|
| Kgaox sais langc lonh | | | 郎心烦乱考 |
| 哉 | 郎 | 乱 | 郎 |
| 里 | 心 | 郎 | 乱 |

| | | | | |
|---|---|---|---|---|
| dah kgoc sinp jangl mas, | | | | 感到浑身软, |
| 他 | 各 | 寸 | 降 | 麻 |
| 从 | 那 | 千 | 般 | 软 |

| | | | | |
|---|---|---|---|---|
| Seik sonk sungp qaenp lix qat | | | | 细算往今 |
| 赛 | 算 | 送 | 庆 | 侣 恰 |
| 细 | 算 | 语 | 重 | 言 轻 |

| | | | |
|---|---|---|---|
| juh luh saox juh | | | 你跟了表兄 |
| 丘 | 路 | 少 | 丘 |
| 姣 | 跟 | 夫 | 姣 |

| | | | | | |
|---|---|---|---|---|---|
| yaoc yah gaiv nyac naemx dal daoc. | | | | | 我因为你眼泪流。 |
| 尧 | 丫 | 介 | 牙 | 赧 | 大 桃 |
| 我 | 就 | 因 | 你 | 水 | 眼 流 |

# Naemx Dal Kgeis Xux Naemx Dal Dogl

# 热泪盈眶止不住

Naemx dal kgeis xuh　　　　　　泪水难止
　椒　大　改　修
　水　眼　不　止

naemx dal dogl,　　　　　　　　泪滴下,
　椒　大　隋
　水　眼　落

Seik nuv juh jiul　　　　　　　　眼看情伴
　赛　怒　丘　旧
　细　看　姣　我

weex nyil nyedc douc xat banh　　像那夕阳西下
　也　呢　妞　头　瞎　班
　像　那　太　阳　落　坡

ledc naih suiv dih naengc xaop　　放眼看你
　冷　奶　瑞　堆　能　孝
　现　在　坐　地　看　你

nup weex manx saemh nyenc.　　怎能度一生。
　怒　也　满　生　宁
　怎　么　度　辈　人

相思之苦 ／

3

# Yangh Nyac Danl Xenp Kgags Nyaoh

## 若你单身在家

| | |
|---|---|
| Yangh nyac danl xenp kgags nyaoh<br>央　牙　旦　信　康　鸟<br>若　你　单　身　独　坐 | 若你单身独坐 |
| jiul siip daengh juh kgangs，<br>旧　岁　当　丘　康<br>我　才　跟　姣　讲 | 我才跟你讲， |
| Qingk banx kgangs nyac<br>听　板　康　牙<br>听　友　讲　你 | 听别人说你 |
| nyimp maoh weex nyil<br>吝　猫　也　呢<br>跟　他　做　那 | 和他做那 |
| kgoux biangs jungh dih<br>偶　兵　今　堆<br>小　米　共　地 | 小米共地 |
| naih nyac meenh loux langc gas<br>奶　牙　焉　鲁　郎　卡<br>今　你　还　哄　郎　等 | 今你诓我等待 |
| xongs meix nat kgongp gaol.<br>兄　美　纳　空　告<br>像　把　弓　无　弦 | 像把弓无弦。 |

# Wongp Xuip Ngaoc Xuh
## 风吹树木

Sungp dungl yac daol     我俩的话
 送  洞  牙  到
 话  语  俩  我

il bix wongp xuip ngaoc xuh   像那风吹树木
 义  俾  奉  吹  傲  修
 好比  风  吹  摇  树木

gobs map daiv nyil      只来带那
 各  骂  代  呢
 只  来  带  那

menl jodx nyaemv,      傍晚的阳光，
 闷  却  峇
 天  半  晚

Daol xuip dongc saemh    咱虽同辈
 到  瑞  同  生
 咱  虽  同  辈

gobs meec daiv daengl aol.   却未能相娶。
 各  没  代  荡  奥
 只  未  带  相  要

相思之苦／

# Aol Waoc Sint Saemp Biinh Naemx Laoh

## 水鸟早鸣会涨水

Yangl touk samp nguedx aol waov
样 到 散 眼 要 傲
待 到 三 月 鸟 叫

三月水鸟鸣叫

xah wox biinh naemx laoh,
虾 五 兵 桸 涝
就 会 涨 水 洪

定会涨洪水，

Xah yaot juh jiul
虾 欲 丘 旧
就 怕 情 伴

只怕情伴

weex daoh meec wenp
也 刀 没 份
做 不 了 主

做主不成

suic laox kgaox yanc kgags bail
随 老 考 然 康 败
随 老 中 家 自 去

顺从老人许配

wox dah geel nup
五 他 格 怒
知 从 何 处

不知从何

eengv map biaoc lix yaoc.
彦 骂 飘 吕 尧
又 来 与 话 我

又来跟我谈。

# Maenl Yaoc Xangk Juh

# 白天想姣

Maenl yaoc xangk juh  白天想你
闷　尧　想　丘
天　我　想　姣

dogl jigs naemx dal  掉下眼泪
惰　及　赧　大
掉　滴　水　眼

bail kgoc dees biac buih，  去那草丛泣，
败　各　得　扒　俾
去　那　下　蓬　悲

Naih mangc douv yaoc  今何丢我
奶　忙　斗　尧
今　何　丢　我

deic meix pak bens map yih  数着自身苦处
台　美　罢　本　吗　衣
拿　那　坏　己　来　数

xah wox dengv geel dal.  悲从心里出。
虾　五　邓　格　大
就　知　黑　边　眼

# Songc Dengv Map Guangl
## 从阴到阳

Songc dengv map guangl　　　　　　从阴到阳
从　邓　骂　逛
从　黑　来　亮

kgeis xangk aol yaoc　　　　　　　想不到我
该　想　奥　尧
没　想　要　我

lis dangc yac buh lonh,　　　　　　招来心烦乱，
立　堂　牙　不　乱
有　这　两　从　忧

Dah kgunv yac daol　　　　　　　　当初我俩
他　贯　牙　到
过　去　我　俩

yaoc buh kgeis xangk　　　　　　　我也不想
尧　不　该　想
我　也　不　想

aol map yaoc lonh nyac.　　　　　　让我把你愁。
奥　骂　尧　乱　牙
要　来　我　愁　你

# Haik Yaoc Janl Biaenl Maenl Xangk
# 害我日思夜想

| | | | | | |
|---|---|---|---|---|---|
| Xenh | naih | puik | nyac | | 如今让你 |
| 心 | 奶 | 佩 | 牙 | | |
| 如 | 今 | 走脱 | 你 | | |

| | | | | | |
|---|---|---|---|---|---|
| bedl | bagx | dah | lanl | | 白鸭过河 |
| 笨 | 把 | 他 | 烂 | | |
| 鸭 | 白 | 过 | 河 | | |

| | | | | | |
|---|---|---|---|---|---|
| haik | yaoc | janl | biaenl | buh nuv， | 害我日夜想， |
| 害 | 尧 | 见 | 并 | 不 怒 | |
| 害 | 我 | 夜 | 梦 | 也 见 | |

| | | | | | |
|---|---|---|---|---|---|
| Xinh | naih | mogc | meec | laos guh | 如今雀不进笼 |
| 心 | 奶 | 猛 | 没 | 捞 姑 | |
| 如 | 今 | 雀 | 不 | 进 笼 | |

| | | | | | |
|---|---|---|---|---|---|
| xah | wox | yiuh | laos | miac gkeep | 就知落入别人手中 |
| 虾 | 五 | 衣 | 劳 | 麻 格 | |
| 就 | 知 | 鹞 | 进 | 手 他 | |

| | | | | | | |
|---|---|---|---|---|---|---|
| douv | yaoc | dah | geel | seik | naengc juh jiul | 让我细看情伴 |
| 斗 | 尧 | 他 | 格 | 岁 | 拿 丘 旧 | |
| 让 | 我 | 从旁边 | 细 | 看 | 伴 我 | |

| | | | | | | |
|---|---|---|---|---|---|---|
| nyac | mangc | kgeis | map | daengh | yagc sac. | 你何不来可怜郎。 |
| 牙 | 忙 | 该 | 吗 | 当 | 养 杀 | |
| 你 | 何 | 不 | 来 | 跟 | 可 怜 | |

相思之苦

9

# Yac Daol Banl Miegs

# 我俩男女

Yac daol banl miegs          我俩男女
牙　到　办　乜
俩　我　男　女

mieengc nyanl daengl xenh      几月相恋
棉　　念　荡　心
几　　月　相　跟

bens baov yaoc nyac           本说我俩
本　报　尧　牙
本　说　我　你

weex duc nyenc kgags gueenv,     是对熟悉人，
也　独　宁　康　　惯
是　对　人　自　熟悉

Naih nyac piat nas daengh jenl    今你翻脸无情
奶　牙　扒　纳　当　尽
今　你　翻　脸　跟　别人

xaop buh kgags bail nyebc jenl yanc.   自去成了家。
孝　不　康　败　妞　尽　然
你　也　各　去　成　了　家

相思之苦 /

10

# Naih Yaoc Aol Meec Lis Nyac
## 今我娶不得你

Naih yaoc aol meec lis nyac
奶　尧　奥　没　立　牙
今　我　要　没　得　你

今我娶不得你

jiul siip naemx dal liuih,
旧　岁　赧　大　追
我　才　水　眼　流

我就眼泪流，

Jodx naih bail lenc
却　奶　败　伦
从　今　往　后

从今往后

juh nyimp saox juh
丘　吝　少　丘
姣　跟　夫　姣

你和表兄

bix duc yangc kgal bens luih
俾　独　阳　架　崩　追
像　只　阳　雀　飞　下

像对阳雀降落

naengl jiul langc naih wox dah geel nup
嫩　旧　郎　奶　五　他　格　怒
剩　我　郎　这　知　从　何　处

剩下我郎不知从何

eengv map daiv nyac juh jids xangp.
彦　骂　代　牙　丘　及　向
又　来　带　你　姣　成　亲

才能有你姣结情。

相思之苦 /

11

# Seik Nuv Juh Jiul
# 细看情伴

Seik nuv juh jiul             眼看情伴
赛　怒　丘　旧
细　看　情伴我

bix kgongl meix mags jenc pangp      像棵高山大树
俾　共　美　麻　廷　胖
像　棵　树　大　山　高

xaop xingc nyinc nyinc xunk,        年年发，
孝　行　年　年　信
你　才　年　年　发

Naih nyac bail saox dah kgunv       今你早已许配
奶　牙　败　少　他　贯
今　你　去　夫　在　前

xaop xingc kgeis sonk langc.        你才不认郎。
孝　行　该　算　郎
你　才　不　算　郎

# Nyaemv Nyaemv Xut Juh
# 晚晚陪你

seik nuv juh jiul
赛 怒 丘 旧
细 看 情 伴

眼看情伴

weex kgongl yangc muic gaos jenc
也 共 杨 梅 高 廷
像 棵 杨 梅 头 坡

像那高坡杨梅

xaop xingc xogc kgav kgaemv,
孝 行 学 架 更
你 已 熟 枝 乌

你已早熟透,

naih yaoc nyaemv nyaemv xut juh
奶 尧 吝 吝 畜 丘
现 我 晚 晚 守 你

今我晚晚守你

gobs meec lis nyil lix mangc liangc.
各 没 立 呢 吕 忙 良
都 没 有 句 心 里 话

却难有句心里话。

# Fut Mux Sangx Daol
# 父母养咱

Fux mux sangx daol
服　母　赏　到
父　母　生　俩

父母养咱

aol yaoc banl xih yil donc
奥尧　办　西　义　团
要　我　男　各　一　团

要我郎坐一村

aol nyac miegs il xaih,
奥　牙　乜　义　哉
要　你　姑娘　一　寨

你各住一寨,

Jodx naih bail lenc
却　奶　败　伦
从　今　往　后

从今往后

dagx jiuc mingh xongl lianx daiv
打　条　命　兄　两　代
若　条　命　中　不　带

若是命中不带

beec map haik langc liangp.
白　骂　害　郎　亮
白　来　害　郎　想

白来害我心疼爱。

# Naih Nyac Singc Nyih Kguv Denl
# 如今情伴退缩

| | |
|---|---|
| Naih nyac singc nyih kguv denl<br>奶　牙　神　宜　故　邓<br>今　你　情　伴　特　退 | 今你情伴退缩 |
| xaop kgagc wenp maix maoh，<br>孝　康　份　买　猫<br>你　各　成　妻子　他 | 成为别人妻， |
| Nyaemv naih geel bal juh nyaoh<br>吝　奶　格　罢　丘　鸟<br>晚　今　边　腿　姣　坐 | 今晚身边同坐 |
| kgangs nyil sungp dungl daengl aol<br>康　呢　送　洞　荡　奥<br>那　些　话　语　相　娶 | 讲那相恋话语 |
| xaop buh meec nyenh langc.<br>孝　不　没　音　郎<br>你　也　没　记　郎 | 你也不会记得郎。 |

# Daoh Lix Yac Daol
## 我俩的话

Daoh lix yac daol
刀　吕　牙　到
话　语　俩　咱

我俩的话

wox meec daengl wenp
五　没　荡　份
知　不　相　成

早知不成

yaoc buh haengt bail
尧　不　杭　败
我　也　愿　去

我也宁愿

wangk buh yangx,
放　不　养
放弃　也　了

丢了算,

Bix meenh dos nyil
俾　免　多　呢
莫　再　说　些

莫再说那

sungp dungl liaoc lieeh
送　洞　了　烈
话　语　骗　哄

花言巧语

saip jiul langc naih liangp.
帅　旧　郎　奶　亮
让　我　郎　这　想

让我郎思念。

# Lagx Liix Jids Xangp
# 年轻结情

Lagx liix jids xangp
腊 礼 及 向
年 轻 结 婚

年轻结情

wangh xangk lis nyac
汪 向 立 牙
本 想 有 你

本想有你

weex nyil fuh singc gueenv,
也 呢 夫 神 贯
做 些 伴 情 熟悉

成个熟悉伴，

Naih nyac siip bail banx jav
奶 牙 岁 败 板 架
今 你 另 去 朋 友 那

如今你嫁他人

xaop xingc loux jiul langc naih
孝 行 鲁 旧 郎 奶
你 却 哄 我 郎 这

却诓我金郎

dos nyil dal meenh naengc.
多 呢 大 焉 能
睁 些 眼 还 望

睁眼望情人。

# Daengl Binc Meec Lis Wangk Buh Yangx

## 相恋不成宁愿分

Yac daol banl miegs             我俩男女
牙　到　办　乜
俩　我　男　女

daengl aol meec daengl lis       相恋不成
荡　奥　没　荡　立
相　娶　不　相　成

haengt bail wangk buh yangx,      宁愿放弃算，
杭　败　放　不　养
愿　去　放　也　算

Bix meenh dos nyil               莫再说那
俾　焉　多　呢
莫　再　说　些

sungp wap liaoc lieeh           甜言蜜语
送　化　了　烈
言　花　巧　语

loux jiul langc meenh liangp.     诓我郎思恋。
鲁　旧　郎　焉　亮
哄　我　郎　常　想

# Yac Daol Xut Wungh Deml Weep

## 月堂厮守

yac daol banl megs          我俩男女
牙　到　办　乜
俩　我　男　女

daengl xut nyaoh weep        相守月堂
荡　蓄　鸟　或
相　守　坐　夜

nuc eengv wox nyac            谁知道你
奴　彦　五　牙
谁　又　知　你

wanp bail gail daengh duih,    早已嫁他人，
范　败　介　当　　都
悄　去　远　跟　　他

Wox nyac singc nyih weex haik    早知情伴作怪
五　牙　神　宜　也　害
知　你　情　伴　故意　害

yaoc buh saemp bix liangp.     我也不会来。
尧　不　胜　俾　亮
我　也　早　不　想

相思之苦 ／

19

# Mangc Kgeis Saemp Baov Sav
# 何不早放弃

Saemp wox kgeis wenp
胜　五　该　份
早　知　不　成

早知不成

mangc kgeis saemp baov sav,
忙　改　胜　报　啥
何　不　早　说　休

何不早放弃，

Naih nyac loux yaoc
奶　牙　喽　尧
今　你　哄　我

今你诓我

weex jigs lol gkuip luih sanh
也　及　罗　溃　追　山
做　只　船　淌　下　滩

做只船游下滩

jiul buh nanc luih menc.
旧　不　难　追　门
我　也　难　下　滩口

我也难顺流。

# Maenl Maenl Xangk Juh Buh
## Meec Lis
# 天天想你也难成

| | | | | | | | |
|---|---|---|---|---|---|---|---|
| Xik | maenl | yaoc | liangp | kgeis | touk | juh, | 我不愿去想， |
| 细 | 闷 | 尧 | 亮 | 该 | 斗 | 丘 | |
| 有 | 天 | 我 | 想 | 不 | 到 | 姣 | |

| | | | |
|---|---|---|---|
| Jodx | naih | bail | lenc | 从今往后 |
| 却 | 奶 | 败 | 伦 | |
| 从 | 今 | 往 | 后 | |

| | | | |
|---|---|---|---|
| nyac | kgags | nyimp | nyil | 你自跟那 |
| 牙 | 康 | 吝 | 呢 | |
| 你 | 自 | 跟 | 那 | |

| | | | |
|---|---|---|---|
| banx | nuc | geel | nup | 别的郎哥 |
| 板 | 奴 | 格 | 怒 | |
| 朋友 | 谁 | 边 | 哪 | |

| | | | |
|---|---|---|---|
| jids | dangc | wenp | jenh | 结成夫妻 |
| 及 | 堂 | 份 | 金 | |
| 结 | 伴 | 成 | 亲 | |

| | | | |
|---|---|---|---|
| xaop | buh | meec | map | 你也不会 |
| 孝 | 不 | 没 | 吗 | |
| 你 | 也 | 不 | 来 | |

| | | |
|---|---|---|
| nyenh | touk | langc. | 想我郎。 |
| 音 | 斗 | 郎 | |
| 记 | 到 | 郎 | |

# Fut Mux Sangx Langc
# 父母养郎

Fut mux sangx langc 　　　　　　父母生我
服　母　赏　郎
父　母　养　我

ugs kgoc yangc kgeenl mangv naih 　出到阳世间
勿　各　阳　彦　慢　奶
出　到　阳　间　边　这

kgeis dah banx jav 　　　　　　不像他人
该　他　板　架
不　如　友　那

jangc dah kgeel xongl 　　　　　家有财产
强　他　格　兄
强　过　财　产

maoh xingc daiv nyac 　　　　　他才有你
猫　行　代　牙
他　才　带　你

sags nyil kgongl jungh dih, 　　　同把田地种,
杀　呢　共　今　堆
做　那　活　共　地

Naengl jiul langc naih 　　　　　剩下我郎
嫩　旧　郎　奶
剩　我　郎　这

dah kgoc beds siih meec daiv 　　八字不带
他　各　百　虽　没　代
从　那　八　字　没　带

jiul yah luiv lonh nal.

旧　行　累　乱　那
我　才　忧　愁　多

我心常忧愁。

# Qit Nyac Kgangs Xenl
# 当初讲真

Qit miac kgangs xenl  当初讲真
其 牙 康 正
当 初 讲 真

yaoc buh wangx xangk  我也本想
尧 不 汪 想
我 也 本 想

bail kgoc lenc daengl lis,  后来能相娶，
败 各 伦 荡 立
往 那 后 相 得

Nuv nyac kgeis wangk lagx liongh  若你不弃表兄
怒 牙 该 放 腊 雍
若 你 不 弃 表 兄

jangs map lebc jiul langc naih  快来告诉我郎
江 骂 鲁 旧 郎 奶
快 来 告 诉 郎 这

yil bail daengh siip nyenc.  另去娶别人。
义 败 当 岁 宁
另 去 连 他 人

# Bal Kgeis Nyeemh Sanh

# 鱼不恋滩

Sungp dungl yac daol
送　洞　牙　到
话　语　俩　咱

我俩的话

xaop mangc liic liangh wangk,
孝　忙　立　两　　放
你　何　马　上　　扔

你为何这样丢,

Naih nyac weex duc bal
奶　牙　也　独　罢
今　你　做　条　鱼

今你做条

kgeis nyeemh sanh
该　研　　山
不　恋　　滩

鱼不恋滩

xingc kgags douv yaoc xuit luih menc.
行　康　到　尧　水　追　门
各　自　丢　我　水　下　流

只有丢我滩下流。

# Maenl Yaoc Bail Jenc
# 上坡干活

Maenl yaoc bail jenc
闷　尧　败　廷
天　我　去　坡

上坡干活

sint juh lianx xanp
神　丘　两　善
喊　姣　不　应

喊你不应

jiul seik wox meec lis,
旧　赛　五　没　雷
我　就　知　没　有

我就知不行，

Saemp wox il naih
寸　五　义　奶
早　知　这　样

早知这样

haengt bail mangv yeml
杭　败　慢　应
愿　去　边　阴

愿去阴间

xangx jux wanp lonh lenc.
想　九　范　乱　伦
那　才　无　忧　后

往后也无忧。

# Wangx Xangk Juh Saengc
# 看你正直

| | |
|---|---|
| Wangh xangk juh saengc<br>汪　想　丘　长<br>想　姣　正　直 | 看你正直 |
| jiul seik daengnh juh wah,<br>旧　赛　当　丘　蛙<br>我　才　跟　姣　讲 | 我才同你讲， |
| Mix xik juh jiul<br>美　细　丘　旧<br>谁　短　情　伴 | 谁知情伴 |
| weex duc mogc kgeis qak jah<br>也　独　母　该　架　枷<br>做　只　鸟　不　上　竿 | 像那鸟不上竿 |
| beec map haik yaoc<br>白　骂　害　尧<br>白　来　害　我 | 白害我郎 |
| langc xongl daengl.<br>郎　送　荡<br>郎　安　膏 | 安膏架①。 |

_____

①膏架：侗族地区一种用于捕鸟的工具，常架于林间树上，其上粘满了黏状物，雀鸟飞落上面歇息时就会被粘住而无法飞走。

相思之苦

# Xenl Xangk Nyac Juh
# 真想情伴

Xangk lis juh nyaengc
想 立 丘 娘
想 有 你 娘

真想有你

jiul seik danl xenp gas,
旧 赛 旦 信 卡
我 才 单 身 等

我才单身等，

Mix xik juh jiul
每 细 丘 旧
可 是 情 伴

可是情伴

ebs meix nat kgeis biingx gaol
叶 美 纳 该 品 告
拉 那 弓 不 到 弦

拉着弓弦不紧

siip bail lagx duih
岁 败 腊 都
另 嫁 他 人

又嫁他人

jav xih wox nyac muih kgeis saengc.
架 西 五 牙 妹 该 长
那 才 知 你 妹 不 直

那才知你心不直。

# Semp Xongl Kgaenh Langc
## 心中想郎

Xangk juh sais guas　　　　　　　一心想你
　想　　丘　哉　括
　想　　你　肠　硬

jiul xingc daengh juh sonk,　　　我才跟你讲，
　旧　行　当　丘　算
　我　才　跟　姣　算

Mix xik juh jiul　　　　　　　　谁知情伴
　美　细　丘　旧
　谁　知　情　伴

weex duc yiuh weengc samp tonk　做只鹞子三变
　也　徒　优　文　善　断
　做　只　鹞　子　三　蜕

bens liamx samp gonh　　　　　　旋飞三圈
　崩　两　善　官
　旋　飞　三　圈

xaop xingc soh kgaov xangc.　　就已没劲头。
　孝　行　梭　告　床
　你　就　气　早已　没

# Banx Jav Xebc Wenp Xonc Xuh
# 别人十全十美

Nyaemv yaoc nyimp xaop

斉　尧　斉　孝

晚　我　跟　你

晚上跟你

maix banx nyaoh weep

买　板　鸟　或

妻　伴　坐　夜深

情伴坐夜

longc gkudt il buil

龙　谷　义　倍

心　烫　如　火

心急如火

lianx meec lis nyil

两　没　雷　呢

从　没　有　个

从来没有

miegs nuc geel nup

乜　奴　格　怒

姑　娘　哪　位

哪位姑娘

deic nyil bienl daengl juv,

台　呢　并　荡　救

拿　点　雨　相　救

拿水来解救,

Banx　jav xebc wenp xonc xuh

板　架　喜　份　传　休

情伴　那　十　分　齐　全

别人十全十美

maoh xih daiv nyac juh jungh yanc.

猫　西　待　牙　丘　今　然

他　才　带　你　姣　共　屋

他才带你共屋住。

# Bix Duc Bedl Bagx Daenl Janl
# 做只白鸭觅食

Seik nuv juh jiul
赛　怒　丘　旧
细　看　情　伴

细看情伴

bix duc bedl bagx daenl janl
俾　徒　笨　白　旦　见
像　只　白　鸭　寻　食

做只白鸭觅食

duc jil kgaol jaengv
徒　记　告　降
哪　吃　食　饱

填饱肚子

maoh xingc bail semh heit,
猫　行　败　生　海
它　才　去　寻　海

它自往那海中游,

Naih mangc douv yaoc
奶　忙　斗　尧
今　何　丢　我

如今丢我

janl lianx digs seep
见　两　堆　社
吃　不　饱　肚

食不果腹

yah jav yeep dav maengl.
丫　架　夜　大　孟
只　有　落　中　潭

掉落在潭中。

# Kgaenh Juh Duh Dongl
# 时常想你

Kgaenh juh duh dongl
根　丘　都　洞
恋　你　经　常

经常想你

lis nyil longc guangl dengv,
雷　呢　龙　逛　邓
有　颗　心　亮　暗

有颗心不安,

Xenh naih dogl benh jil kuip
心　奶　隋　崩　记　馈
如　今　遭　遇　苦　难

如今遭苦受难

bail kgoc jenc nuil guegs lengh
败　各　岑　内　国　冷
去　那　山　雪　敲　冰

去那冰冷雪山

doiv buh doiv jaengl
惰　不　惰　降
久　而　久　之

时间长久

qik xaop nyangc suh menc.
去　孝　娘　收　门
那　你　姣　就　扔

你便把我抛。

# Gaiv Nyac Liogp Suc Senh
## 因你成痴呆

Sungp dungl yac daol     我俩的话
送　洞　牙　到
话　语　俩　咱

kgeis wox xaop nyenc singc juh xangp     不知情伴
该　五　孝　宁　神　丘　向
不　知　你　人　情　伴　侣

deic bail jemh jenc nup mogl     抛到哪里
台　败　今　岑　怒　孟
拿　去　冲　山　哪　埋

yaoc yah gaiv nyac liogp suc senh,     我因为你成痴呆,
尧　丫　介　牙　略　术　生
我　就　因　你　傻　呆　站

Naih yaoc wox nup naengc juh     今我如何得你
奶　尧　五　怒　能　丘
今　我　怎　样　看　姣

aol weex manx saemh nyenc.     直到完一生。
告　也　满　生　宁
才　能　完　辈　人

相思之苦

# Mingh Langc Nanc Daiv
# 命中难带

Kgeis wox mingh kgeis daiv wenp　　　　不知命带不成
该　五　命　该　带　份
不　知　命　不　带　成

mangc xih eengv map　　　　或者又是
忙　西　彦　骂
或　者　又　来

lis nyil menl kguv haik,　　　　老天爷作怪，
雷　呢　闷　故　害
有　那　天　故　害

Begs kgeis daengl daiv　　　　若命中不带
百　该　荡　带
若　不　相　带

nyac buh yuv map　　　　你也要来
牙　不　又　吗
你　也　要　来

dos jiuc lix xoik langc.　　　　说句好心话。
多　条　侣　学　郎
说　些　话　慰　郎

# Banx Nyenc Mingh Lail

# 别人命好

Banx nyenc mingh lail　　　　　　　朋友好命
板　宁　命　赖
别　人　命　好

maoh xih lis xaop nyangc weex guv,　　他才得你配成双，
猫　西　雷　孝　娘　　也　故
他　才　有　你　姣　　成　双

Naih yaoc yanc gkongp siip fuh　　　今我家无妻室
奶　尧　然　空　岁　夫
今　我　家　无　妻　子

eengv map lebc nyac juh　il mangc.　　又来跟你讲哪样。
彦　骂　鲁　牙　丘　义　忙
又　来　告诉　你　情人　哪　样

# Naih Yaoc Ebs Juh Nanc Xonv
# 如今劝姣难回

Naih yaoc ebs juh kgeis map
奶　尧　而　丘　该　吗
今　我　劝　姣　不　来

今我劝你不回

xongs nyil naemx maengl xonh,
兄　呢　赦　孟　川
像　那　水　漩　涡

像那漩涡水，

Mieeh lieeux senl nyal
灭　了　正　孖
想　完　村　河

众人议论

xenl xih nyangc haik langc.
正　西　娘　害　郎
都　是　娘　害　郎

都说你害郎。

# Ngeenx Liuih Wenp Wenp

# 眼泪纷纷

Ngeenx liuih wenp wenp
眼　追　忿　忿
泪　流　纷　纷

眼泪纷纷

xongs nyil bienl luih dih,
兄　呢　并　追　堆
像　那　雨　落　地

像那雨落下，

Kgunv yaoc wangx xangk dah gaos
惯　尧　汪　想　他　高
当初我　本　想　从　头

当初本想先行

naih mangc siip map taot dah lenc.
奶　忙　岁　骂　桃　他　伦
今　何　又　来　换　从　后

今却落后头。

# Naih Yaoc Mingh Kgeis Daiv Aol
## 如今命中难娶

Kgeis wox wenc jinc kgags piinp　是坟山偏差
该　五　文　田　康　片
不　知　坟　山　各　偏

mangc xih mingh bens haik,　还是命中害，
忙　西　命　崩　害
还　是　命　中　害

Naih yaoc mingh kgeis daiv aol　今我命中不带
奶　尧　命　该　代　奥
今　我　命　不　带　娶

xingc kgags douv nyac xap daengh janl.　各自丢你嫁别人。
行　康　斗　牙　下　当　定
各　自　丢　你　嫁　和　别人

# Xuip Nyimp Juh Liangc
# 特来交谈

Xuip nyimp juh liangc        跟你谈话
秀 吝 丘 良
特 跟 姣 谈

jiul mangc xangk juh ags,        我为何多想你,
旧 忙 想 丘 康
我 为何 想 姣 多

Naih yaoc lionc nyac        今我恋你
奶 尧 团 牙
今 我 围 你

juh lagx nyenc mags        宽宏的人
丘 腊 宁 麻
情人仔 人 大

il bix pedp dags gueenv kgaol        好比轻纱纱辘①
义俾 笨 达 惯 告
好比 布 匹 恋 纱辘

soh kgoc wul sungc kgeeul saengk        缠绕翻斗②
磋 各 务 从 告 丈
在 那 布机上 缠 翻斗

xah yaot juh jiul        就怕情伴
虾 欲 丘 旧
就 怕 情伴我

---

① 纱辘:侗族民间织布机上经纬交叉过纱的部件。
② 翻斗:侗族民间织布机后用于卷纱的部件。

相思之苦

wanp liaenv banh yiul

范　今　班　义

悄悄　取　辘　拴

beec map haik jiul ees meenh liangp.

百　骂　害　旧　而　免　亮

白　来　害　我　傻　还　想

悄悄取去辘拴

白费害我痴心爱。

# Baov Map Nyaengc Nyaengc
## 真心想嫁

Baov map nyaengc nyaengc 　　　　　　　真心想嫁
报　骂　娘　　娘
说　来　真　　真

lix lail xah kgaenh 　　　　　　　　　往日话语
吕　赖　虾　干
好　话　相　恋

naih mangc siip map baenv nyenc ees,　　为何抛过边,
奶　忙　岁　吗　办　宁　叶
今　何　又　来　丢　人　傻

Naih nyac loux yaoc 　　　　　　　　　今你诓我
奶　牙　喽　尧
今　你　哄　我

suiv kgoc gaos guees saemt suip 　　　　待在家中
瑞　各　高　国　神　瑞
坐　那　楼　梯　沉　思

xux nuil xux meel 　　　　　　　　　　风吹雪打
朽　内　朽　妹
受　雪　受　霜

yaoc buh wangh xangk 　　　　　　　　我也只想
尧　不　汪　想
我　也　不　想

weep lis jungh yanc,　　　　　　　　与你共屋住,
或　雷　今　然
后　得　共　屋

Nanc xangk wenp il naih 谁料结果这样
难　想　份义奶
难　想　成这样

wox nyac juh singc kguv haik 知你情伴陷害
五　牙　丘　神　故　害
知　你　情　伴　陷　害

weex benh sais yaeml 心地不良
也　本　哉　样
做　份　心　深

haik yaoc waml dangc miodx fuh 害我月堂过时
害　尧　万　堂　敏　夫
害　我　月　堂　过　时

naih nyac kgeev kgoc banv buh siip denl 今你中途而退
奶　牙　借　各　半　不　岁　邓
今　你　在　这　半　途　又　退

naengl jiul langc naih 剩下我郎
嫩　旧　郎　奶
剩　我　郎　这

fut yongh nyaoh weex mangc. 何必再生成。
服　用　鸟　也　忙
不　用　活　做　哪样

# Mix Ugs Xenp Xic
# 未到春时

Mix ugs xenp xic
美　勿　信　昔
未　到　春　时

未到春时

jiul seik mix pak sais，
旧　赛　美　罢　哉
我　还　没　伤　心

我还不伤心，

Yangl ugs xenp xic nyanl nyih
样　勿　信　昔　念　宜
到　了　春　时　月　二

到了阳春二月

bav meix taot xenp
罢　美　桃　信
树　换　新　叶

树换新叶

daengc kgoc jenc lanl xebt dengv
堂　各　廷　烂　血　邓
整　遍　山　对面　都　阴

山野绿荫

qingk duc jiuv guiuc sint saemp
听　徒　记　葵　成　寸
听　只　鸟　儿　叫　早

雀鸟呼叫

xenl miaol fuh dongc
正　妙　夫　同
真　参　夫　随

身影同现

il nup lis nyac
义　怒　雷　牙
怎　样　得　你

怎样得你

sags nyil kgongl jungh dih,　　　　　　同块地干活，
杀　呢　共　今　堆
做　那　活　共　地

Naih mangc douv yaoc　　　　　　今何丢我
奶　忙　斗　尧
今　何　丢　我

langc jeml nyaoh mih　　　　　　郎金空守
郎　定　鸟　非
郎　金　坐　空

soh dih jil kuip　　　　　　坐地苦叹
梭　堆　计　溃
经　常　吃　亏

xut kgoc geel buil dangc wungh　　　　　　堂屋火边
畜　各　格　倍　堂　温
守　在　边　火　月　堂

naengl jiul langc naih　　　　　　剩下我郎
嫩　旧　郎　奶
剩　我　郎　这

fut yongh nyaoh weex mangc.　　　　　　活在世上做哪样。
服　用　鸟　也　忙
不　用　活　做　哪样

# Juh Bens Pieenp Yil
## 情伴想离

Juh bens pieenp il         情伴想离
丘　崩　片　义
情　伴　想　离

dangl duc nyenc daol      好像人们
荡　徒　宁　到
好　像　人　们

siit il mungx nyenc       死了个人
谁　义　母　宁
死　一　个　人

buh nanc xongs jiul langc jeml pak，   也不如我郎金悲，
不　难　兄　旧　郎　尽　罢
也　难　像　我　郎　金　悲

Laot nyac haik yaoc       就你害我
劳　牙　害　尧
就　你　害　我

miodx dangc fuh jav       错过婚期
敏　堂　夫　架
错　过　婚　期

yuh siip meec map        你又不嫁
优　岁　没　骂
又　还　不　来

deic nyil lix naih bail wah    那这些话语讲
台　呢　吕　奶　败　挖
拿　这　些　话　去　讲

yaoc xigl gaiv nyac dux kgeis guangl.
尧　信　介　牙　肚　该　　逛
我　有　因　你　心　不　　明

反而有颗心不明。

# Nuc Siip Nyimp Maoh Suv Meix Nangc

# 谁愿跟他育儿女

Yangh yaoc lis nyac nyebc siip
央　尧　雷　牙　纽　岁
若　我　有　你　成　亲

若能与你结亲

songc maoh xap il jids juh
从　猫　下　义　及　丘
即使　他　差　也　成　双

即使差也成对

wenx buh pak daih yuns,
粉　不　罢　胎　欲
总　也　伤　心　少

总也少伤心,

Yaot eengv suic ees bail saok
姚　彦　随　叶　败　少
怕　又　随　傻　去　久

只怕痴呆下去

kgaox longc meec lup
考　龙　没　路
心　里　不　清

心不明亮

nuc bail nyimp maoh suv meix nangc.
奴　败　吝　猫　数　美　拿
谁　愿　跟　他　生　竹　笋

谁愿跟他育儿女。

# Juh Lagx Nyenc Lail
# 伴好人才

Juh lagx nyenc lail
丘　腊　宁　赖
伴　好　人　才

伴好人才

xaop xingc lis jiuc sais kgaov luh,
孝　行　雷　条　哉　告　汝
你　各　有　颗　心　欢　喜

你才有颗心欢喜,

Naih yaoc nuv xaop maix banx
奶　尧　怒　孝　买　板
今　我　看　你　情　伴

今我见你情伴

suit nyil gaos kap xonc xuh
谁　呢　高　卡　传　休
打　扮　一　身　漂　亮

打扮一身漂亮

nyac kgags saip lagx banx jav liangp.
牙　康　赛　腊　板　架　亮
你　各　让　给　别　人　爱

却是为了别人爱。

# Naih Nyac Xebc Xonh Yanc Gkeep
## 如今你到他家

| | | | | |
|---|---|---|---|---|
Naih nyac naengl nyaoh 今你还在
奶 牙 嫩 鸟
今 你 还 在

dangc xedl dangc nyanl 星堂月堂
堂 星 堂 念
堂 星 堂 月

xil yaoc banl map lionh, 我郎常来走，
细 尧 办 吗 专
那 我 郎 来 围

Mus nyac xebc xonh yanc gkeep 日后你住他家
木 牙 喜 专 然 格
后 你 前 往 家 他

jiul buh nanc map 我郎也难
旧 不 难 骂
我 也 难 来

touk kgoc geel juh yangl. 到你身边叹。
斗 各 格 丘 样
到 那 边 你 叹

# Nyac Kgags Nyimp Maoc Jids Juh Xangp

## 你自跟他结成双

Nyaemv daol nyaoh weep
 吝 到 鸟 或
 晚 咱 坐 夜深

晚上我俩坐夜

gobs lis jiuc miiuc
 各 雷 条 迷
 只 有 名 誉

刚说牵手

xaop mangc kgaov bail
 孝 忙 告 败
 你 何 忙 去

为何你去

weex duc nyenc saip duih,
 也 独 宁 赛 都
 成 了 别 人 妻

做那别人妻,

Naih yaoc beec aemv gol guanl
 奶 尧 白 更 过 惯
 今 我 白 背 名 誉

今我只背名誉

nyac kgags nyimp lagx banx jav
 牙 康 吝 腊 板 架
 你 自 跟 情 伴 那

你却和那朋友

jids juh xangp.
 及 丘 向
 结 成 双

结成双。

# Maenl Langc Senh Senh
## 白天沉思

Maenl langc senh senh
闷　　郎　　生　　生
白天　郎　　沉　　思

白天沉思

dangl duc nyenc weex went,
荡　　独　　宁　　也　　文
像　　个　　人　　伤　　心

像那伤心人，

Dagx il naengl uns daol nyaoh
打　义　嫩　　温　到　鸟
想　到　从　　小　作　伴

想到幼小做伴

lis jiuc mingh bens daiv taemk
雷　条　命　　本　带　邓
有　条　命　　本　带　低

命不如人

jiul buh nanc daiv xaop.
旧　不　难　代　孝
我　也　难　带　你

我也难带你。

Sungp dungl yac daol
宋　　洞　　牙　到
话　　语　　俩　我

我俩的话

wenx buh xap dos xis,
稳　不　下　多　昔
总　也　写　上　纸

总也写纸上，

Jodx naih bail lenc
却　奶　败　伦
从　今　往　后

从今往后

seik nuv juh daengh saox juh　　　　　眼看你跟表兄

赛　怒　丘　当　少　丘
细　看　你　跟　夫　你

yil bix yangc liuux bav gkeip　　　　　好比柳叶张开

义　俾　杨　柳　罢　开
好　比　杨　柳　叶　开

xaop kgags yik douv langc.　　　　　你自离开郎。

孝　康　义　斗　郎
你　自　离　丢　郎

# Naih Nyac Loux Yaoc
# 今你哄我

| | |
|---|---|
| Naih nyac loux yaoc<br>奶　牙　喽　尧<br>今　你　哄　我 | 今你诓我 |
| janl daoc buih kgav<br>见　桃　背　架<br>吃　桃　偏　枝 | 吃桃偏枝 |
| daih nyinc kgids qaenp<br>呆　年　跟　庆<br>长　年　病　重 | 长年重病 |
| maenl janl suic senh<br>闷　见　随　生<br>日　夜　傻　呆 | 朝夕烦闷 |
| nyenh touk lix nyungl<br>音　到　吕　吝<br>想　到　前　言 | 想到前言 |
| jav jiul went sais xik,<br>架　旧　文　哉　细<br>那　我　伤　心　多 | 那我心伤透, |
| Naih nyac weex nyil<br>奶　牙　也　呢<br>今　你　做　那 | 今你做那 |
| mieec jids kgags kgov<br>灭　及　康　果<br>纱　结　另　箔 | 纱各连箔 |

xaop xingc wangk jiul langc naih

孝　行　　放　旧　郎　奶

你　才　　抛　弃　我　郎

放弃我郎

weex nyil sungc kgags yal.

也　呢　从　康　亚

做　那　织布机　另　布

各去做那别人妻。

# Qingk Sungs Juh Liangc
# 与你商谈

| | |
|---|---|
| Qingk sungp juh xangp<br>听　送　丘　向 | 你的话语 |
| dangl nyil meix saop liih,<br>荡　呢　美　少　礼<br>胜　过　发　誓　语 | 像那咒言， |
| Begs yaoc lis dangc<br>百　尧　雷　堂<br>即使我有堂 | 即使我有 |
| begs denx jinc dih<br>百　等　田　堆<br>百　担　田　地 | 百担田地 |
| nyac buh baov yaoc kgeel jiv mangl.<br>牙　不　报　尧　格　记　慢<br>你　也　说　我　家　底　薄 | 你也说我家底薄。 |

# Laox Juh Menh Kgeel Kabp Menh Yangk

## 老人谈家又谈人

| | |
|---|---|
| Laox  juh menh kgeel<br>老　丘　们　格<br>老人　你　论　财 | 你家一论财力 |
| kabp menh yangk，<br>更　们　样<br>合　论　势 | 二论势， |
| Songc maenl laox jiul kgaox yanc<br>从　闷　老　旧　考　然<br>就　算　老　我　中　家 | 即使我家 |
| lis dangc begs denx jinc xangh<br>雷　堂　百　等　田　香<br>有　那　百　担　田　地 | 百担田地 |
| nyac buh baov yaoc<br>牙　不　报　尧<br>你　也　说　我 | 你也说我 |
| meix kgags sangp.<br>美　康　上<br>树　各　根 | 树不同根。 |

# Xaop Mangc Kgeis Sonk Langc
## 你何不算郎

Yac daol banl miegs 我俩男女
牙 到 办 乜
俩 我 男 女

siic jungh ugs kgoc 一同生在
随 今 勿 各
一 同 生 在

mungx benh menl guangl 人世间里
崩 猛 闷 逛
人 世 间 里

yaoc yuv jaeml nyac 我要约你
尧 又 定 纳
我 要 约 你

map miac siic weex laot, 相生相息,
骂 麻 随 也 劳
来 俩 在 一 起

Jungh kgoc menl guangl siic nyaoh 同天下住
今 各 闷 逛 随 鸟
同 这 世 间 生 存

xaop mangc kgeis sonk langc. 你何不算郎。
孝 忙 开 算 郎
你 何 不 算 郎

# Xaop Xingc Laih Kgav Dogl
## 你各选树落

Neik nuv juh jiul
赛　怒　丘　旧
细　看　情　伴

眼看情伴

weex duc nganh ngac bens pangp
也　独　安　衙　崩　胖
做　只　天　鹅　高　飞

做只天鹅高飞

xaop xingc laih kgav dogl,
孝　行　来　架　堕
你　各　选　树丫落

你各选树落，

Naengl jiul langc naih
嫩　旧　郎　奶
剩　我　这　郎

剩下我郎

bix duc hak xonc kogp luih
俾　独　哈　船　过　追
像　个　傻　子　鸣　呼

好比欢雀叫喊

beec wah yaeml gol
白　哇　任　个
白　讲　真　话

呼哑嗓子

nanc map daiv nyac kgos xonv dangc.
难　骂　代　牙　各　转　堂
难　来　带　你　天鹅　转　窝

也难得你天鹅回。

# SungP Qaenp Lix Jiv
# 轻言重语

Sungp qaenp lix qiv　　　　　　　　　　轻言重语
　送　庆　吕　恰
　话　重　语　轻

wenx buh daengh nyac　　　　　　　　　总也跟你
　稳　不　当　牙
　也　要　跟　你

lagx bas wic wah daengl liangc　　　　　说话相恋
　腊　八　为　哇　荡　良
　姑　表　说　话　相　谈

nyac mangc kgeis map nyimp yaoc　　　你何不来跟我
　牙　忙　该　骂　吝　尧
　你　何　不　来　跟　我

xiuv nyil kangp jodx nyaemv,　　　　　做那傍晚阳光,
　秀　呢　抗　却　吝
　照　那　太阳　　傍晚

Daol xuip dongc saemh　　　　　　　　我俩同龄
　到　秀　同　生
　咱　虽　同　辈

daengl wanh lix wap　　　　　　　　　言语相换
　荡　弯　吕　化
　相　换　语　花

yangh nyac mads bix baov map　　　　若你从不讲嫁
　央　牙　麻　俾　报　骂
　若　你　从　不　讲　来

59

相思之苦

kgeev kgoc nyal naih saemt siup — 来到这河丢情

| 借 | 各 | 孖 | 奶 | 辰 | 岁 |
|---|---|---|---|---|---|
| 来 | 到 | 这 | 河 | 丢 | 情 |

jav seik yangx lieeux juh — 那也就算了，

| 旧 | 赛 | 养 | 了 | 丘 |
|---|---|---|---|---|
| 那 | 我 | 也 | 算 | 了 |

Naih nyac kgunv haengt lenc liaenv — 今你前肯后发

| 奶 | 牙 | 贯 | 杭 | 伦 | 令 |
|---|---|---|---|---|---|
| 今 | 你 | 前 | 愿 | 后 | 分 |

bail kgoc peep xic meec yuv — 来到此时抛弃

| 败 | 各 | 迫 | 昔 | 没 | 又 |
|---|---|---|---|---|---|
| 到 | 了 | 晚 | 时 | 不 | 肯 |

yil yangh naemx duv banv wongp — 好像半沟堵水

| 义 | 央 | 赧 | 豆 | 办 | 奉 |
|---|---|---|---|---|---|
| 好 | 像 | 水 | 断 | 半 | 沟 |

daengc nyil semp xongl xebt lianh, — 使我心中冰凉，

| 堂 | 呢 | 寸 | 兄 | 血 | 山 |
|---|---|---|---|---|---|
| 整 | 颗 | 心 | 中 | 冰 | 凉 |

Juh jiul — 情伴

| 丘 | 旧 |
|---|---|
| 情伴 | 我 |

nyac mangc kgeis map — 你何不来

| 牙 | 忙 | 该 | 吗 |
|---|---|---|---|
| 你 | 何 | 不 | 来 |

daengh yagc sac. — 可怜郎。

| 当 | 雅 | 杀 |
|---|---|---|
| 帮 | 可 | 怜 |

# Liongc Wangc Qamt Nyal
# 龙王过江

Naih nyac weex duc
奶　牙　也　独
今　你　做　条
今你做条

liongc wangc qamt nyal
龙　王　强　孖
龙　王　游　江
龙王游江

nyac kgags nyimp lagx banx jav
牙　康　吝　腊　板　架
你　各自　和　别人　那
你却跟那朋友

weex duc bal jungh sanh,
也　独　罢　今　山
做　条　鱼　共　滩
做条鱼共滩,

Naengl jiul langc naih
嫩　旧　郎　奶
剩　我　这　郎
剩下我郎

mieengc xah daengl haemk
棉　心　荡　汉
几　回　相　问
几次托媒

daih nanc lis xaop lagx kgul juc.
呆　难　雷　孝　腊　故　求
也　难　有　你　姑　表　亲
也难得你姑表亲。

# Yaoc Yah Gaiv Nyac Duh Dongl Liogp

## 我因为你常忧愁

Yac daol banl miegs
牙　到　办　乜
我　俩　男　女

我俩男女

jids nyih meec wenp
及　宜　没　份
结　亲　不　成

结不成亲

yaoc yah gaiv nyac duh dongl liogp,
尧　丫　介　牙　都　洞　略
我　才　因　你　经　常　呆

我因为你常忧愁，

Naih yaoc xangk touk nyil
奶　尧　想　斗　呢
今　我　想　到　那

今我想到那

jinc dangc dih donh
田　堂　堆　端
田　塘　土　地

田塘土地

jiul xingc kgeis yuv benl.
旧　行　该　又　笨
我　真　不　想　耕

我也无心耕。

# Kgunv Daol Lix Lail Yangh Mangc
## 过去好言好语

Kgunv daol lix lail yangh mangc        过去话语讲好
贯　到　吕　赖　央　忙
之　前　好　话　讲　尽

yaoc buh kgeis xangk        我也不想
尧　不　该　想
我　也　不　想

map kgoc maenl naih wangk,        来到此日分,
吗　各　闷　奶　放
来　到　日　今　分

Yagc sac yaoc nyac        可怜我俩
养　杀　尧　牙
可　怜　我　你

yac daol banl miegs        男女情伴
牙　到　办　乜
俩　我　男　女

jids siip kgeis xangh        结不成婚
及　岁　该　相
结　亲　不　成

yaoc yah gaiv nyac banh sais longc.        我因为你心忧愁。
尧　丫　介　牙　班　哉　龙
我　就　因　你　伤　肠　肚

# Xenl Xangk Yac Daol
## 真想我俩

Xenl xangk yac daol　　　　　　　　　真想我俩
正　想　牙　到
真　想　俩　我

weex duc miix jungh daeml dangc　　　做条鲤鱼共塘
也　徒　米　今　邓　堂
做　条　鲤　鱼　共　塘

liongc jungh heit,　　　　　　　　　　龙共江,
龙　今　海
龙　共　海

Neit jungh daeml baoc　　　　　　　　浮萍共塘
奶　今　邓　袍
浮　漂　共　塘

aol nyil yangl jungh jinc.　　　　　　要那秧共田。
奥　呢　样　今　田
要　那　秧　共　田

# Maenl Yaoc Nuv Xaop Maix Banx
## 有天看见情伴

Meec maenl yaoc
没　闷　尧
有　天　我

有天我姣

nuv xaop maix banx
怒　孝　买　板
看　你　情　伴

见你情伴

suit nyil xongc xenp lianp lianp
谁　呢　雄　信　亮　亮
扮　那　一　身　亮　丽

穿着漂亮

il yangh kangp mant xiuv xeenp,
义　央　抗　蛮　秀　现
好　像　太阳　黄　照　山坡

像那朝霞映山坡，

Naengl jiul langc naih
嫩　旧　郎　奶
剩　我　郎　这

剩下我郎

kgaox sais qingk pak
考　哉　听　罢
里　肠　觉得　坏

心中悲伤

wanp bail liuih naemx dal.
范　败　追　赧　大
悄　悄　流　眼　泪

悄悄眼泪流。

# Suit Nyil Xongc Xenp Lianp Lianp
## 一身打扮漂亮

Maenl yaoc bail jenc 白天上坡
闷　尧　败　芩
天　我　去　坡

nuv xaop maix banx 见到情伴
怒　孝　买　板
看　你　情　伴

suit nyil xongc xenp lianp lianp 打扮漂亮
谁　呢　雄　信　亮　亮
扮　那　一　身　亮　丽

jiul siip daengc nyil longc qingk yuih, 我又从这心中喜，
旧　赛　堂　呢　龙　听　优
我　又　整　颗　心　欢　喜

Muih loux langc liangp 妹诓哥爱
美　洪　郎　亮
妹　哄　郎　想

xongs nyil kangp geengh jenc. 像那日落山。
兄　呢　抗　刚　芩
像　那　日　落　山

# Naih Yaoc Langc Deic Sais Guas
# 如今心已拿定

Naih yaoc langc deic sais guas

奶　尧　郎　台　哉　括

今　我　郎　拿　肠　硬

　　　　　　　　　　　　　　　　　我心已定

jiul yah maenl samp xangk,

旧　丫　闷　善　想

我　才　日　三　思

　　　　　　　　　　　　　　　　　我才常思恋，

juh singc dongc gangv

丘　神　同　杠

同　龄　情　伴

　　　　　　　　　　　　　　　　　同龄情伴

xongs meix nyangh mungl wap.

兄　美　娘　孟　化

像　那　荷　开　花

　　　　　　　　　　　　　　　　　像那荷花开。

# Kganl Xenk Jiuc Mingh Kgeis Lail
# 因为命运不好

Langc deic sais yenc        郎心已定
郎　台　哉　寅
郎　拿　心　稳

maenl sams kgeengl nyenh      每日三思
闷　善　彦　音
日　三　次　想

xah wox nyenh touk juh,       只因思念你,
虾　五　音　斗　丘
只　是　想　到　你

Nyaemv naih geel bal xaop maix banx siic suiv     今晚与你同坐
吝　奶　格　罢　孝　买　板　谁　瑞
晚　今　边　腿　你　妻　友　同　坐

kganl xenp jiuc mingh kgeis xonc     因为命运不济
按　信　条　命　该　传
因　为　条　命　不　好

wox dah geel nup eengv map lionc lis nyac.     不知从何连得你。
五　他　格　怒　彦　骂　传　雷　牙
知　从　何　处　又　来　围　得　你

# Siit Quk Yeml Xenc
# 死到阴间

Siit quk yeml xenc
昔　就　应　行
死　住　阴　间

死往阴间

wenp duc nyenc lanx saemh,
份　徒　宁　懒　生
成　个　人　厌　世

成个厌世人，

Kgeis wox miinh mogc langc jeml
该　五　敏　母　郎　尽
不　知　面　目　郎　金

不知我郎面目

kganl kgeis donc xingv
按　该　团　正
长　不　端　正

长不端正

xiv nyac juh meec map.
细　牙　丘　没　吗
那　你　姣　不　来

你才不愿嫁。

# Jiul Yah Dal Naengc Mih
## 我只空眼望

Juh lagx nyenc lail　　　　　　　　伴好人才
丘　腊　宁　赖
伴　好　人　才

jiul xingc dal naengc mih,　　　　　我只空眼望,
旧　行　大　囊　每
我　只　眼　望　空

Xedt xih singc nyih maix kgeep　　都成别人情伴
血　西　神　宜　买　格
都　是　别　人　情　伴

jiul siip beec dos dal.　　　　　　害我空恋想。
旧　岁　百　多　大
我　就　空　望　眼

# Semh Juh Kgeis Deml
# 找不到你

Seik nuv juh jiul　　　　　　　眼看情人
赛　怒　丘　旧
细　看　情　伴

weex duc nganh ngac bens menl　做只雁鹅高飞
也　独　安　衙　崩　闷
做　只　雁　鹅　飞　天

xaop xingc semh nyil　　　　　你自寻找
孝　行　生　呢
你　自　寻　那

kgav xonc xuh,　　　　　　　　好的枝头落,
架　传　休
好　枝　头

Jodx naih bail lenc　　　　　　从今往后
却　奶　败　伦
从　今　往　后

semh juh kgeis deml　　　　　找不到你
生　丘　该　邓
找　不　到　你

gobs map qingk nyil lemc dah kap.　只是听到耳边风。
各　骂　听　呢　伦　他　卡
只　来　听　那　风　过　耳

# Naih Nyac Bail Saox Yaeml Yic
## 今你悄悄出嫁

Naih nyac bail saox yaeml yic                          你今悄悄出嫁
奶　牙　败　少　应　一
今　你　出　嫁　悄　悄

xaop kgags lic daengh duih,                            你自跟随他，
孝　康　雷　当　都
你　自　离　跟　他人

Muih nyebc jenl yanc                                   成家立业
美　妞　定　然
妹　已　成　家

xingc kgags douv yaoc hank dah xic.                    各自丢郎花过季。
行　康　斗　尧　汗　他　昔
各　自　丢　我　郎　过　时

# Naih Nyac Suic Laox Jids Senp
## 今你随老成亲

| | | | | |
|---|---|---|---|---|
| Naih nyac suic laox jids senp | | | | 今你顺老成亲 |
| 奶 牙 随 老 及 寸 | | | | |
| 今 你 随 老 成 婚 | | | | |

xaop xingc wenp nyenc banx ,　　　成了他人妻，
孝　行　份　宁　板
你　才　成　人　伴

Begs yaoc suit xenp daengl binc　　任我诚心相恋
百　尧　谁　信　荡　彭
即使 我　打　扮　相　恋

nyac buh baov yaoc nyenc gkongp senp.　你也说我无出息。
牙　不　报　尧　宁　空　寸
你　也　说　我　人　无　亲

# Xaop Xingc Wangk Jiul Langc
# Nyaoh Liingh
## 你真弃我郎单身

| | | | | |
|---|---|---|---|---|
| Nyac | bail | saox | nyac | 你嫁你夫 |
| 牙 | 败 | 少 | 牙 | |
| 你 | 嫁 | 夫 | 你 | |

| | | | | |
|---|---|---|---|---|
| xebc | wenp | donc | yonc | 满意十分 |
| 喜 | 份 | 团 | 荣 | |
| 十 | 分 | 团 | 圆 | |

| | | | | |
|---|---|---|---|---|
| xaop | xingc | wangk | jiul | 你自丢我 |
| 孝 | 行 | 放 | 旧 | |
| 你 | 自 | 抛 | 我 | |

| | | | |
|---|---|---|---|
| langc | nyaoh | liingh， | 孤独坐， |
| 郎 | 鸟 | 淋 | |
| 郎 | 孤 | 坐 | |

| | | | | | |
|---|---|---|---|---|---|
| Naih | yaoc | lail | kgeis | xongs yangp | 今我好不如人 |
| 奶 | 尧 | 赖 | 该 | 兄 样 | |
| 今 | 我 | 好 | 不 | 如 人 | |

| | | | | | | |
|---|---|---|---|---|---|---|
| xah | wox | wangk | nyil | dangc | wungh daol. | 只有放弃咱情缘。 |
| 虾 | 五 | 放 | 呢 | 堂 | 污 到 | |
| 就 | 会 | 弃 | 那 | 月 | 堂 咱 | |

# Naengl Jiul Langc Naih
# 剩下我郎

Seik nuv juh jiul
赛　怒　丘　旧
细　看　情　伴

眼看情伴

bix kgongl yangc muic gaos jenc
俾　共　杨　梅　高　廷
像　棵　杨　梅　高　山

做棵高山杨梅

begs kgeis mungl wap
百　该　孟　化
虽　不　开　花

虽不开花

maoh jux xangh lail kgav,
猫　九　香　赖　架
他　反　而　茂　枝

它也枝叶茂,

Naengl jiul langc naih
嫩　旧　郎　奶
剥　我　郎　这

剩下我郎

bix kgongl saop meeuc nyanl nyih
俾　共　绍　毛　念　宜
像　兜　芭　芒　月　二

像那二月茅草

jiul buh lianx mungl wap.
旧　不　两　孟　化
我　也　不　开　花

我也难开花。

相思之苦

# Lis Jiuc Mingh Baengl Pak

# 有条奔波命

Fut mux sangx langc

服 母 赏 郎

父 母 生 郎

父母生郎

lis jinc mingh baengl pak,

雷 条 命 磅 怕

有 条 命 崩 坏

有条奔波命,

Mangc kgeis saemp siit saemp dah

忙 该 胜 谁 胜 他

何 不 早 死 早 离

何不早死归土

mieenx lis gas nyac juh weex yac.

免 雷 卡 牙 丘 也 牙

免 得 等 你 姣 做 双

害我等你配成双。

# Juh Singc Meec Liangp
# 情伴不想

Naih nyac juh singc meec liangp
奶 牙 丘 神 没 亮
今 你 情 伴 不 爱

今你情伴不爱

xingc kgags douv yaoc guangl sabx dengv,
行 康 斗 尧 逛 厦 邓
各 自 丢 我 亮 掺 暗

各自使我暗无光,

Naih yaoc heit yuv
奶 尧 海 又
现 尧 只 想

我现只想

aol jaol kgais nyenh
奥 教 该 音
要 绳 吊 颈

用绳吊颈

jav xih lamc nyil benh jids xangp.
架 西 兰 呢 崩 及 向
那 才 忘 那 份 结 亲

那才忘记你姣情。

# Xut Kgoc Mangv Yeml Xangx Jux Haot

## 守住阴间那才好

Saemp xut mangv yeml　　　　　　早守阴间
寸　畜　慢　应
早　守　边　阴

xangx jux haot,　　　　　　　　　早投胎,
香　九　毫
到　还　好

Ugs kgoc yangc kgeengl mangv naih　出到阳世这边
勿　各　阳　见　慢　奶
出　到　阳　间　边　这

nuv lagx banx jav　　　　　　　　看见别人
怒　腊　板　架
看　仔　友　那

jids xangp weep daoh　　　　　　结成婚姻
及　向　份　刀
结　婚　成　亲

xingc kgags douv yaoc weep dah dangc.　各自丢我郎过时。
行　康　斗　尧　或　他　堂
各　自　丢　我　郎　过　堂

# Jodx Naih Bail Lenc
# 从今往后

Nyaemv naih langc jaenx geel nyangc      今晚靠近金娘
　吝　奶　郎　井　格　娘
　今　晚　哥　靠　近　妹

kgangs nyil sungp biingc dih,      讲些平心话，
　康　呢　送　平　堆
　讲　些　心　平　话

Jodx naih bail lenc      从今往后
　却　奶　败　伦
　从　今　往　后

seik nuv juh daengh saox juh      眼看你跟你夫
　赛　怒　丘　当　少　丘
　细　看　姣　跟　夫　姣

yil bix meeuc xih douh wongp      好比金鸡成对
　义　俾　毛　西　刀　奉
　好　比　金　鸡　成　双

xaop kgags dongc qak pangp.      你俩同高飞。
　孝　康　同　架　胖
　你　们　同　上　高

# Dul Semp Xunk Nangc
# 抽尖长笋

Seik nuv juh jiul　　　　　　　　眼看情伴
赛　怒　丘　旧
细　看　情　伴

bix kgongl meix mags jonl sangp　　像棵拔根的大树
俾　共　美　麻　却　上
像　棵　树　大　拔　根

xah wox yih maenl lanh,　　　　　只会待日朽,
虾　五　衣　闷　烂
就　会　数　天　烂

Naih yaoc heit yuv　　　　　　　今我想要
奶　尧　海　又
今　我　还　要

nyimp xaop maix banx　　　　　　约你情伴
吝　孝　买　板
跟　你　情　伴

dul semp xunk nangc　　　　　　抽尖长笋
豆　寸　秀　囊
冒　尖　生　笋

mangc siip lis nyil miiuc kgaov yangc.　哪知枝藤早已枯。
忙　岁　雷　呢　迷　告　洋
怎么　又　早　有　枝　腾　枯

# Saemp Wox Yil Naih
# 早知这样

Saemp wox yil naih · · · · · 早知这样
　寸　五　义　奶
　早　知　这　样

banl bix kgaenh miegs · · · · · 哥不恋妹
　办　俾　根　乜
　男　莫　想　女

miegs bix kgaenh banl · · · · · 妹不想哥
　乜　俾　根　办
　女　莫　恋　男

xangx jux il jav nyaoh, · · · · · 也就这样活,
　香　九　义　架　鸟
　到　也　那　样　坐

Naih yaoc kgaenh nyil · · · · · 今我常恋
　奶　尧　根　呢
　今　我　恋　那

sungp dungl juh lail · · · · · 情伴话语
　送　洞　丘　赖
　话　语　你　好

ledc naih nyac xap daengh yangp · · · · · 如今你嫁他乡
　冷　奶　牙　下　当　样
　如　今　你　嫁　他　乡

dangl duc nyenc daol · · · · · 好像人们
　当　独　宁　到
　好　像　人　们

wangk bail mieengc saemh nyenc.

| 放 | 败 | 棉 | 生 | 宁 |
|---|---|---|---|---|
| 抛 | 去 | 几 | 代 | 人 |

抛去几代人。

# Qit Yaoc Songc Dens Touk Peep

# 当初从早到晚

| | | | | | | |
|---|---|---|---|---|---|---|
| Qit | yaoc | songc | dens | touk | peep | 初咱相恋 |
| 其 | 尧 | 从 | 登 | 透 | 白 | |
| 初 | 我 | 众 | 头 | 到 | 尾 | |

| | | | | | | |
|---|---|---|---|---|---|---|
| yaoc | buh | wangx | xangk | wenp | jeml singk, | 我也本想成婚约, |
| 尧 | 不 | 往 | 想 | 份 | 定 寸 | |
| 我 | 也 | 本 | 想 | 成 | 婚 约 | |

| | | | |
|---|---|---|---|
| Xah | yaot | juh | jiul | 只怕情伴 |
| 虾 | 欲 | 丘 | 旧 | |
| 就 | 怕 | 情 | 伴 | |

| | | | | | |
|---|---|---|---|---|---|
| deic | jiuc | sais | bens | meec | jingh | 拿不定心肠 |
| 台 | 条 | 哉 | 本 | 没 | 今 | |
| 拿 | 颗 | 心 | 肠 | 不 | 定 | |

| | | | |
|---|---|---|---|
| nyac | nguingh | lagx | jenl | 你恋别人 |
| 牙 | 温 | 腊 | 定 | |
| 你 | 想 | 他 | 人 | |

| | | | |
|---|---|---|---|
| daengl | duc | nyenc | daol | 好像人们 |
| 荡 | 独 | 宁 | 到 | |
| 好 | 像 | 人 | 们 | |

| | | | | |
|---|---|---|---|---|
| labp | nyil | menl | dav | xul. | 黑在沙坝上。 |
| 论 | 呢 | 闷 | 大 | 注 | |
| 黑 | 些 | 天 | 中沙洲 | | |

# Xongs Meix Ngaih Wul Bial
## 像棵岩上草

| | |
|---|---|
| Maenl yaoc bail jenc<br>闷　尧　败　廷<br>天　我　上　坡 | 白天上坡 |
| nuv nyac nyimp lagx banx jav<br>怒　牙　吝　腊　板　架<br>见　你　跟　仔　情　伴　那 | 见你和别人 |
| jungh jinc sags kgongl<br>今　田　杀　共<br>共　田　干　活 | 同地干活 |
| xaop buh meec map<br>孝　不　没　吗<br>你　也　不　来 | 你也不会 |
| qingk nyil nyanl maenl yais,<br>听　呢　念　闷　哉<br>听　那　月　天　长 | 觉得日子长, |
| Naengl jiul langc naih<br>嫩　旧　郎　奶<br>剩　我　郎　这 | 剩下我郎 |
| weex kgeis wenp jiv<br>也　该　份　计<br>做　不　成　事 | 做事不成 |
| xongs meix ngaih wul bial.<br>兄　美　哀　务　岜<br>像　兜　艾　上　岩 | 像棵岩上草。 |

# Dal Nuv Banx Jav
# 眼看别人

| Dal nuv banx jav | 眼看别人 |
|---|---|
| 大 怒 板 架 | |
| 眼 看 情 伴 | |

lionc jenc weex yanp　　　　　　　围坡成园
銮 廷 也 善
围 坡 做 园

maoh buh dah kgoc yac mangv xaok,　也是从那两边砌,
猫 不 他 各 牙 慢 校
他 也 从 那 两 边 修

Singc kgaov daol nyaoh　　　　　　咱俩情缘
神 告 到 鸟
情 旧 咱 在

naih mangc siip map　　　　　　　如今为何
奶 忙 岁 吗
今 何 又 来

hamk meec xanp.　　　　　　　　两相呼不应。
汉 没 善
问 不 应

# Naih Yaoc Weex Duc Nyix Nyuc Qak Nyal

## 今我做条鱼儿游河

| Naih yaoc weex duc | 今我做条 |
|---|---|
| 奶　尧　也　独 | |
| 今　我　做　条 | |

| nyix nyuc kgaox nyal | 鱼游河中 |
|---|---|
| 女　牛　考　孖 | |
| 鱼　儿　里　河 | |

| nyac mangc kgeis map | 你何不来 |
|---|---|
| 牙　忙　该　吗 | |
| 你　何　不　来 | |

| weex nyil nyal qit laoh, | 做那河涨水， |
|---|---|
| 也　义　孖　其　涝 | |
| 做　那　河　涨　洪水 | |

| Naih nyac loux yaoc | 今你诓我 |
|---|---|
| 奶　牙　喽　尧 | |
| 今　你　哄　我 | |

| xuit kgeems naemx gangv | 水退河干 |
|---|---|
| 畜　克　赧　扛 | |
| 水　退　水　干 | |

| beec liangp juh mih | 空让我郎 |
|---|---|
| 白　亮　丘　美 | |
| 白　想　姣　空 | |

dos nyil dal taemk pangp.

多　呢　大　邓　胖
睁　那　眼　低　高

上下睁眼望。

# Saemh Naih Mees Lis
# 今世难结

| | |
|---|---|
| Saemh naih meec lis | 今世难结 |
| 生　奶　没　雷 | |
| 辈　今　没　得 | |
| | |
| siit bail mangv yeml | 死去阴间 |
| 昔　败　慢　应 | |
| 死　去　边　阴 | |
| | |
| senk baov Yeenc Wangc | 告诉阎王 |
| 寸　报　元　王 | |
| 告　诉　阎　王 | |
| | |
| xap nyil guanl langc nyimp muih | 让你我名字同在 |
| 下　呢　惯　郎　肴　美 | |
| 写　我　名　字　跟　你 | |
| | |
| jungh luh siic map | 一路同来 |
| 今　路　随　吗 | |
| 共　路　同　来 | |
| | |
| jav xih daiv nyac juh jungh yanc. | 那才带你人共屋。 |
| 架　西　代　牙　丘　今　然 | |
| 那　才　代　你　姣　共　屋 | |

# Naih Nyac Loux Yaoc
# 如今哄我

Naih yaoc nuv nyac
今我见你
奶　尧　怒　牙
今　我　看　你

singc kgeis lail baenv
情不好丢
神　该　赖　办
情　不　好　丢

gobs map kgaenh nyil yuns,
只得记少数,
各　吗　根　义　欲
才　来　恋　一　点

Nyenh tonk xic kgunv yac daol
想到以前我们
音　到　昔　贯　牙　到
记　起　时　前　俩　我

wenx buh nyimp xaop daengl binc
总也跟你相恋
稳　不　吝　孝　荡　彭
总　是　跟　你　相　恋

naih nyac loux yaoc
今你诓我
奶　牙　鲁　尧
今　你　哄　我

miodx nyinc laox bail
年过一年
敏　年　老　败
错过　年　老　去

gobs meec lis nyil
还有什么
各　没　雷　呢
从　没　有　个

sais lail duc mangc     美好心情
哉　赖　独　忙
好　的　心　情

nyimp xaop nyangc jeml wuic wah 与你娘金说话
吝　孝　娘　尽　为　哇
跟　你　娘　金　说　话

aol weex dah sinp jangl.    度过这时光。
奥　也　他　千　降
那　才　度　时　光

# Daengl Binc Daengl Liangp
## 相亲相爱

Daengl binc daengl liangp       相亲相爱
荡　彭　荡　　亮
相　亲　相　　爱

weex meec wenp xonh       恋不成功
也　没　份　专
做　不　成　事

xah wox sonk meec lis,       也就不算有，
虾　五　算　没　雷
就　知　算　不　有

Yac daol banl miegs       我俩男女
牙　到　办　乜
俩　我　男　女

wenx buh kgangs daengc       总也讲过
稳　不　康　堂
总　也　讲　些

miengc bags sungp xenl       真心话语
焉　巴　送　正
几　句　真　话

nyaoh kgoc jenc jemh nup jav,       在那山岭冲谷，
鸟　各　廷　今　怒　架
在　那　山　冲　哪　里

Kgeis wox nyac juh       不知道你
该　五　牙　丘
不　知　你　姣

相思之苦

91

eengv map nyenh xih meec.  是否还记得。
彦 吗 音 西 没
还 来 记 还是 不

# Nuc Siip Wox Nyac Lis Sais Jenl
# 谁知你心有他人

Naih nyac weex kgongl 今你像那
奶 牙 也 共
今 你 做 棵

demh kgaems xaengp jaol 藤上刺苞
登 根 向 教
刺 苞 挂 藤

kgait yaoc miac aol kgeis touk， 害我要不到，
才 尧 麻 奥 该 透
害 我 手 要 不 到

Il nuv il liangp 越看越想
义 怒 义 亮
越 看 越 爱

il naengc il kgaenh 越想越爱
义 能 义 根
越 看 越 恋

xenh naih xangk meec lis liuut 今盼也没有
心 奶 想 没 雷 留
如 今 想 也 没 有

xangk touk meix fut lonh gungc 想也没用
想 透 美 服 乱 谷
想 到 贫 穷 忧 多

Banx jav lis nyac 别人有你
板 架 雷 牙
伴 那 有 你

lieenc sungc kabp yal                            布连织机

　连　　从　　更　　亚
　连　　布　　机　　并　　布

nuv yap daengl douh                              布匹相称

　怒　　亚　　荡　　兜
　看　　布　　相　　称

nuc eengv wox nyac lis sais gkeep.               谁又知你有异心。

　奴　　彦　　五　　牙　　雷　　哉　　格
　谁　　又　　知　　你　　有　　心　　异

# Gkait Jiul Langc Lonh Nal
## 害我郎忧愁

Yangl touk yux xic labp menl　　　　西时黄昏
让　到　西　昔　论　闷
若　到　西　时　黄　昏

banx jav lis nyac,　　　　　　　　人家有你，
板　架　雷　牙
别　人　有　你

Liogc ogl jungh yanc　　　　　　迎亲进门
略　鳄　今　然
成　亲　共　屋

kgait jiul langc lonh nal.　　　　害我郎忧愁。
才　旧　郎　乱　那
害　我　郎　忧　多

# Padt Dagl Jemh Bial

## 斩断岩山

Padt dadl jenc bial

扒　旦　廷　邑

斩　断　岩　山

斩断岩山

aol nyil nyal sabx guis,

奥　呢　孖　厦　归

要　那　河　汇　溪

拦溪汇河，

Naih nyac lol meec xeengp luih

奶　牙　罗　没　现　追

今　你　船　不　撑　下

今你船不下滩

wox weex il nup

五　也　义　怒

知　从　何　处

不知从何

engv map yidx jiul langc nyimp lenc.

彦　吗　以　旧　郎　峹　伦

又　来　牵　我　郎　随　后

又来牵我郎。

# Jiul Xingc Ees Xangk Nyangc
## 痴痴想念你

Fut mux sangx langc         父母生郎
服 母 赏 郎
父 母 生 郎

dah kgoc Yeenc Wangc siic map    从那阴间同来
他 各 元 王 随 吗
从 那 阎 王 同 来

juil mangc xap yangc siih,       我何命运差，
旧 忙 下 洋 虽
我 何 差 运 气

Yil Jil wul menl            天上玉帝
玉帝 务 闷
玉帝 上 天

songk daol nyenc menc luih dih    让咱降世
送 到 宁 门 追 堆
放 咱 人 们 下 地

gkeep xebt dangl lis        别人都已相娶
格 血 荡 雷
别人 全都 相 得

naih mangc douv yaoc        今何丢我
奶 忙 斗 尧
今 何 丢 我

biingx dangc nyih jus bail peep    十八出头
品 堂 宜 九 败 迫
满 堂 二 九 去 尾

gkeep meec haengt daengh 人人不嫁

格　没　杭　当
别人　不　愿　配

dangl duc nyenc daol 好像人们

荡　独　宁　到
好　像　人　咱

jaengv dangc daih biongh biac sunl, 遭到刺蓬拦,

降　堂　呆　兵　叭　正
遭　到　连　串　刺　莲

Meec maenl yaoc soh dih 孤单的我

没　闷　尧　梭　堆
有　天　我　守　在

dinl langc kgags suiv 廊檐独坐

邓　郎　康　瑞
脚　廊　自　坐

xangk touk nyac juh lagx nyenc mags 想到情伴

想　斗　牙　丘　腊　宁　麻
想　到　你　情人仔　人　大

mix wox jangl mangc weex jangl sigt 不知清苦

美　五　降　忙　也　降　谁
不　知　那　样　叫　那　淡

mix wox jigs mangc weex jigs lonh, 不知忧愁,

美　五　及　忙　也　及　乱
不　知　哪　们　叫　忧　虑

Maih mangc douv yaoc 今何丢我

奶　忙　斗　尧
今　何　丢　我

danl langc kgags nyaoh 孤郎独坐

旦　郎　康　鸟
脚　廊　名　坐

jiul xingc ees xangk nyangc. 痴痴想念你。

旧　行　而　想　娘
我　才　傻　想　你

相思之苦

# Qit Miac Songc Dens Daengl Liangc
## 当初我俩商量

Qit yaoc songc dens daengl liangc      当初我俩商量
及　麻　从　登　荡　良
当初我　从　开始　商　良

ebs naemx dos weec      拦水进沟
而　赧　多　或
塞　水　进　沟

xangk weex lenx peep      本想水流到底
想　也　冷　迫
想　做　到　尾

yaoc buh kgeis xangk      我也不想
尧　不　该　想
我　也　不　想

touk kgoc weep xic sav,      后来停歇,
透　各　会　昔　啥
到　这　后　时　停

Meec maenl juh yaoc      突然一天
没　闷　丘　尧
有　天　姣　我

kgeev kgoc banv buh baengl mieengl      水沟坍塌
借　各　半　不　棒　面
从　那　半　中　崩　沟

yedl xuit kgeis qak      引水不上
引　水　该　架
引　水　不　上

相思之苦

xah wox wangp jinc dih     田地荒芜

虾　五　放　田　堆

就　知　荒　田　地


xingc kgags douv jiul langc naih  丢我郎金

行　康　斗　旧　郎　奶

各　自　丢　我　郎　这


weex meix gas mant wangc.   像那秧枯黄。

也　美　卡　蛮　王

像　那　秧　黄　枯

# Laox Biigs Bail Jenl
# 老人逼婚

Laox biigs aol jenl
老　逼奥定
老　逼娶别人

老人逼婚

yaoc buh haengt bail
尧　不　杭　败
我　也　愿　去

我也宁愿

aol nyil xenp dos namh,
奥　呢　信　多　难
要　那　身　入　土

要那身入土，

Bail kgoc wul bial ganv nanh
败　各　务　岜　干　难
去　那　悬　崖　陡　壁

去那悬崖陡壁

aol jiuc lamh jeeuv kguc.
奥　条　三　吊　谷
要　条　绳　吊　颈

用绳把颈吊。

# Naengl Uns Nyil Nyil
# 小小时候

Naengl uns nyil nyil
嫩　温　义　义
小　小　义　义

小小时候

qingk sungp nyenc laox
听　送　宁　老
听　老　人　话

听老人话

jiul yah wenp il naih,
旧　丫　份　义　奶
我　才　成　这　样

我才成这样，

Naih yaoc mingh xongl meec daiv
奶　尧　命　兄　没　带
今　我　命　中　没　带

今我命中不带

xah map xongs meix ngaih wul bial.
虾　吗　兄　美　哀　务　八
就　来　像　株　艾　上　岩

像株岩上草。

# Jungh Xih Duc Nyenc

## 同是个人

Jungh xih duc nyenc
今　西　独　宁
同　是　个　人

同是凡人

daol mangc kgeis dongc mingh，
到　忙　改　同　命
俩　何　不　同　命

为何不同命，

Kgunv yaoc dah kgoc
惯　尧　他　各
当初　我　从　那

过去我从

Yeenc Wangc map mih
元　王　吗　美
阎　王　来　空

阴间出世

mingh kgeis daiv nyac
命　改　代　牙
命　不　带　你

命不带你

gkait jiul langc meenh yangl.
才　旧　郎　焉　样
害　我　郎　常　叹

害我常叹息。

# Kgaenh Juh Xebc Wenp
## 恋姣十分

Kgaenh juh xebc wenp                                 恋姣十分
根　丘　喜　份
恋　姣　十　分

gobs meec kuenp mangc xangk，            还有何处想，
各　没　困　忙　想
没　有　处　何　想

Naih yaoc heit yuv                              如今我要
奶　尧　海　又
今　我　还　要

jaeml xaop maix banx miiuc daengh        约你相连
定　孝　买　板　迷　当
约　你　情　伴　相　连

banx buh baov jiul langc naih          别人也说我郎
板　不　报　旧　郎　奶
别　人　也　说　我　郎　这

weex duc nyenc kgags senp.            是个外门亲。
也　独　宁　康　胜
做　个　人　另　亲

# Laox Juh Kgangs Pangp
## 你老高攀

Laox juh kgangs pangp  你老人高攀
　老　丘　康　胖
　老　姣　说　高

yaoc siip nuv nyac mas bail saok,  你姣不说话,
　尧　岁　怒　牙　麻　败　少
　我　又　看　你　软　去　了

Naih nyac daengc saemh nyimp maoh  你一生跟他
　奶　牙　堂　生　吝　猫
　今　你　整个　辈　跟　他

xaop xingc daoh lix nal.  你俩话语长。
　孝　行　刀　吕　那
　你们　各　话　语　长

# Maenl Xebc Nyih Xic

# 一天十二时

| | | |
|---|---|---|
| Maenl xebc nyih xic | | 一天十二时 |
| 闷 喜 衣 昔 | | |
| 天 十 二 时 | | |

| | | |
|---|---|---|
| nyac buh kgags bail nyenh yanc saox, | | 你只惦表亲, |
| 牙 不 康 败 音 然 少 | | |
| 你 也 各 去 记 家 夫 | | |

| | | |
|---|---|---|
| Laos yanc ugs bav | | 出门进屋 |
| 劳 然 谷 坝 | | |
| 进 屋 出 门 | | |

| | | |
|---|---|---|
| nyac kgags nyimp maoh | | 你自跟他 |
| 牙 康 吝 猫 | | |
| 你 各 跟 他 | | |

| | | |
|---|---|---|
| kgangs jiuc lix yil maenl. | | 话语到黄昏。 |
| 康 条 吕 义 闷 | | |
| 讲 条 话 一 天 | | |

# Naih Nyac Juh Yuv Lic Dangc
## 今你姣要离堂

Naih nyac juh yuv lic dangc
奶　牙　丘　又　雷　堂
今　你　姣　要　离　堂

今你姣离堂

nyac kgags nyimp nyil banx jav
牙　卡　吝　呢　板　架
你　自　跟　那　伴　那

去和那表哥

weex duc yenl bens qak,
也　独　应　奔　架
做　只　鹰　飞　上

做只鹰高飞,

Nyac kgags nyimp maoh
牙　康　吝　猫
你　各　跟　他

你自跟他

daengl xogp kgeis miav
荡　学　该　亚
相　爱　不　厌

相亲相爱

xongs dangc yav lail jaenl.
兄　堂　亚　赖　定
像　丘　田　好　埂

像丘好埂田。

# Naih Nyac Xih Kuenp Xih Jaengv
## 今你处处牵挂

Naih nyac xih kuenp xih jaengv         今你处处牵挂
奶　牙　西　困　西　降
今　你　处　处　牵　连

xongs nyil saengk kgeeul dags,       像那纱缠筘，
兄　呢　丈　构　达
像　那　辘　粘　纱

Dags kgeis wangk kgaol          纱辘不离机
达　该　放　告
布　不　离　纱辘

nyac kgags nyimp maoh          你自跟他
牙　康　吝　猫
你　各　跟　他

jids saemh nyenc.            结那终身缘。
及　生　宁
结　辈　人

# Siic Ugs Mungx Benh Menl Guangl
## 同生在世

Siic jungh ugs kgoc mungx benh menl guangl　　同生在世
谁　今　勿　各　母　崩　闷　逛
共　同　出　那　各　份　天　亮

wox gal nyenc nuc　　没有哪个
五　架　宁　奴
知　等　哪　人

kgeis map liangp nyil fuh suc singh,　　不想娶个好妻子，
该　吗　亮　呢　夫　术　生
不　来　想　那　好　妻　子

Yil bix kuedp laox jus liinh　　好像生铁九炼
义　俾　困　老　九　里
好　比　铁　老　九　炼

liinh kgeis wenp sangp　　炼不成钢
里　该　份　上
炼　不　成　钢

daol suh yac mangv denl.　　咱就两边分。
到　书　牙　孟　邓
咱　就　两　边　分

# Juh Lagx Nyenc Lail

# 姣好人才

Juh lagx nyenc lail
丘　腊　宁　赖
姣　仔　人　好

姣好人才

jiul siip lis jiuc sais meenh luh,
旧　岁雷　条　哉　焉　路
我　才有　条　心　常　想

我郎常思恋，

Lix yaoc saip juh
吕　尧　赛　丘
我　话　给　你

我讲的话

yuh yaot maenl nup lamc.
优　姚　闷　怒　兰
又　怕　天　哪　忘

怕你丢两边。

# Dagx Jiuc Sais Yaoc

# 凭我心里

Dagx jiuc sais yaoc 心中思恋
打　条　哉　尧
凭　条　心　我

jiul siip yenc meenh xangk, 我心常在想，
旧　岁　营　焉　想
我　才　常　还　想

Xah yaot juh jiul 只怕情伴
虾　尧　丘　旧
就　怕　情　伴

weex jigs lol xonc luih langh 像那舟随浪淌
也　及　坐　船　追　浪
像　只　船　船　下　浪

jiul xih wox xaop laengh douv maengl. 我才知你船离江。
旧　西　五　孝　浪　斗　孟
我　就　知　你　逃　去　潭

# Jiul Langc Sais Ees
## 我郎痴心

Jiul langc sais ees                         我郎呆傻
旧　郎　哉　而
我　郎　心　痴

meenh map xut xaop                      痴心守你
焉　吗　畜　孝
仍　来　守　你

juh lagx nyenc lail                      姣好人才
丘　腊　宁　赖
姣　仔　人　好

wenx buh douv saip banx nyebc fuh,      终也另结情，
稳　不　斗　赛　板　纽　夫
终　也　让　给　伴　成　亲

Xiut yenv Yeenc Wangc                只怪阎王
畜　应　元　王
只　因　阎　王

kgeis saip yac daol wenp guv           不让我俩成双
该　赛　牙　到　份　故
不　让　俩　我　成　对

xingc kgags douv saip banx jids xangp.     那才让你另结缘。
行　康　斗　赛　板　及　向
只　能　让　给　友　成　双

# Begs Juh Yuv Bail
## 若姣要离

Begs juh yuv bail  
百　丘　又　败  
若　姣　要　去  

总也要来  
wenx buh yuv map  
稳　不　又　吗  
总　也　要　来  

跟我郎金  
nyimp jiul langc naih  
吝　旧　郎　奶  
跟　我　这　郎  

kgangs nyil lix wap xees，  
康　呢吕化血  
讲　些话右左  

说些真心话，

Mus yaoc qak kgoc gaos guees  
木　尧　架　考　高　国  
今　后我　上　那　头　梯  

今后我登上高楼

nuv lianx xongp nyangc  
怒　两　仲　娘  
望　不　见　你  

望不见姣

yaoc yah gaiv nyac siit benh xenp.  
尧　丫　界　牙　谁　本　信  
我　只　因　你　死　本　身  

我因为你丢性命。

相思之苦

113

# Ebs Juh Nanc Xonv

# 劝姣难回

Dah kgunv langc quc      当初结情
他 贯 郎 求
当 初 郎 求

xik map lenc buh lonh,      后来悲忧,
细 吗 伦 不 乱
可 来 后 也 忧

Yangl touk buh naih      事到如今
样 到 不 奶
等 到 至 今

ebs juh nanc xonv      劝姣难回
而 丘 难 转
劝 姣 难 转

bix duc liup kgeis jaenx donh      像那鱼不扒岩
俾 独 路 该 井 端
像 个 鱼儿 不 靠近 呼

xaop xingc wangk jiul langc naih      你才抛下我郎
孝 行 放 旧 郎 奶
你 各 弃 我 郎 这

xongs mungx gax wangk nuc.      像那富人抛奴才。
兄 母 卡 放 奴
像 个 官 弃 奴才

# Naemx Dal Nas Nees

## 泪流满面

Naemx dal nas nees　　　　　　　　　泪流满面
赧　大　纳　叶
水　眼　脸　哭

wox dah geel noup　　　　　　　　　不知何处
五　他　格　怒
知　从　处　何

qak touk guees lebc juh,　　　　　　　登上高楼告诉你,
架　透　国　鲁　丘
上　到　梯　告诉你

Naengl nyil laox xaop kgaox yanc　　　今你家中老人
嫩　呢　老　孝　考　然
还　有　老　你　里　家

dos nyil sinp sunp meec yuv　　　　　千般嫌弃
多　呢　千　送　没　又
说　那　千　言　不　理

nuv juh bail gkeep　　　　　　　　见你嫁人
怒　丘　败　格
看　姣　去　他

naengl jiul langc naih　　　　　　　剩下我郎
嫩　旧　郎　奶
剩　我　郎　这

wox bail bac baengh nuc.　　　　　　不知依靠谁。
五　败　八　帮　奴
知　去　依　靠　谁

# Juh Singc Daengh Gkeep
# 情伴嫁他

Maenl yaoc bail jenc 白天上坡
闷　尧　败　岑
天　我　上　坡

xangk touk nyac 想到你
想　到　牙
想　到　你

juh singc daengh gkeep 情伴嫁人
丘　神　当　格
情　伴　跟　别

lieenc map lis jiuc sais yaoc lonh, 使我心烦乱，
连　吗　雷条　哉　尧　乱
我　就　有颗　心　缭　乱

Banx dongc saemh yaoc 我同辈伙伴
板　同　生　尧
伴　同　辈　我

xebt lail dah xonh 样样齐全
血　赖　他　专
都　好　齐　全

mangc yah aol jiul lonh gungc hangc. 为何要我多忧愁。
忙　丫　奥旧　乱　谷　行
为　何　让我　多　样　愁

Banx lail dah xonh 朋友都好
板　赖　他　专
伴　好　齐　全

相
思
之
苦
/

xingc kgags douv yaoc         各自丢我

行　康　斗　尧

各　自　丢　我

gonh jenc nees,          去那山上哭，

官　岑　叶

绕　坡　哭

Sais ees meenh liangp      痴心恋你

哉　而　焉　亮

心　痴　仍　想

jiul xingc gonh jenc yangl.    去那山坡叹。

旧　行　官　岑　样

去　那　绕　坡　叹

相思之苦／

117

# Nyac Yunv Bail Banx Jav

# 你突然嫁他

Xenl xangk yac daol
正　想　牙　到
真　想　俩　我

真想我俩

taemk xil gaenx luih pangp siic qak,
邓　细　肯　追　胖　谁　架
低　是　同　下　高　同　攀

低谷同下高同攀,

Naih nyac yunv bail banx jav
奶　牙　应　败　板　架
今　你　突然　去　别　人

今你突然嫁他

il yangh nyanl donc xebc ngox
义　央　念　团　喜　五
好像　月　圆　十　五

正如十五月圆

xenh naih wox meec lis hap
心　奶　我　没　雷　哈
如　今　知　没　有　了

今没结果

dangl duc nyenc daol
荡　独　宁　到
好　像　人　们

好像人们

gkaenp nyil kgoux jal luih kguc
更　呢　苟　架　追　谷
吞　颗　毛　谷　下　喉

吞颗毛谷下喉

meenh xuc kgeis bail
焉　畜　该　败
又　取　不　去

吞咽不下

kgags map daengv jiuc sais naih gungc.

康　吗　邓　条　哉　奶　谷
自　来　害　条　心　肠　多

各自折磨郎心窝。

相思之苦

# Luic Lieeux Semp Xongl
## 心中难受

Naih mangc douv yaoc
奶　忙　斗　尧
今　何　丢　我
今何丢我

luic lieeux semp xongl,
雷　了　寸　兄
烂　了　心　中
心里疼痛,

lianx meec lis nyil
两　没　雷　呢
从　没　有　些
从来没有

miegs nouc geel noup
乜　奴　借　怒
姑娘　谁　边　哪
哪位姑娘

daengh yaoc deic nyil ems daengl juv,
当　尧　台　呢　药　荡　救
跟　我　拿　些　药　来　救
帮我开副药,

Xenh naih laengx duv soh langc
心　奶　朗　斗　梭　郎
如今　就　断　郎　气
现在就此气绝

wox bail gaiv mungx nuc jil piungp.
五　败　介　母　奴　计　拼
知　去　讨　哪　人　吃　雾
不知讨谁敬贡我。

# Begs Nyac Ebl Baov Yagc Sac
## 即使你说可怜

Begs nyac ebl baov yagc sac
百　牙　务　报　养　杀
若　你　嘴　说　可　怜

即使你说可怜

nyac buh gobs map
牙　不　各　吗
你　也　只　来

也只说些

dos nyil wap yongc lix,
多　呢　化　容　吕
说　些　话　表　皮

表面话语,

Naih nyac weex duc miix laox
奶　牙　也　独　米　老
今　你　像　条　鱼　大

今你像条大鱼

puik laos beds xangh bail yaeml
布　劳　百　香　败　应
逃　进　八　丈　去　深

跳进八丈深渊

xaop buh nanc xangk mungl.
孝　不　难　想　孟
你　也　难　想　浮

也难见你面。

# Guangl Nyanl Daih Pap
# 暗淡月光

Guangl nyanl daih pap

逛　念　呆　怕

亮　月　成　灰

月光暗淡

jiul yah map kgoc jaenl nyal senh,

旧　丫　吗　各　定　孖　生

我　自　来　那　河　岸　站

我站河岸边，

Nyenc singc juh xangp

宁　神　丘　向

情　伴　好　友

姣情好友

weex daoh meec wenp

也　刀　没　份

做　主　不　成

做不了主

saox bens kgaox yanc kgags bail

少　崩　考　然　康　败

夫　本　里　家　各　去

出嫁表兄

wox dah geel nup

五　他　格　怒

知　从　处　何

不知从何

eengv map biaoc lix yaoc.

彦　吗　嫖　吕　尧

又　来　谈　话　我

还能记到我。

# Sungp Dungl Lix Nyongc
## 甜言蜜语

Sungp dungl lix nyongc        甜言蜜语

送　动　吕　浓

甜　言　话　好

wox nyimp nouc daengl menh,      不知对谁讲,

五　吝　奴　荡　们

知　跟　谁　来　讲

Naih yaoc nyenh juh duh dongl      今我思恋姣情

奶　尧　音　丘　都　动

今　我　恋　姣　常　年

yil nup lis xaop dongc jungh kgongl.    如何有你同干活。

义　怒　雷　孝　同　今　共

怎　能　有　你　同　干　活

# Xangk Gabs Maix Gkeep
# 想夺人妻

Xangk gabs maix gkeep
想　卡　买　格
想　夺　人　妻

想夺人妻

yaot eengv pak mingh bens,
姚　彦　怕　命　本
怕　又　坏　命　本

又怕命难保，

Nyenc singc juh xangp
宁　成　丘　向
情　伴　好　友

姣情好友

weex meec wenp jenh
也　没　份　金
做　不　成　主

做不了主

beec map haik yaoc
百　吗　害　尧
白　来　害　我

白来害我

luic lanh semp xongl
雷　烂　寸　兄
腐　烂　心　中

心中缭乱

jiul yah gkongp duc nyenc daengh liangc.
旧　丫　空　独　宁　当　良
我　就　没　个　人　商　良

也没有个人商量。

# Xangk Kgunv Miungh Lenc
## 思前想后

| | | | |
|---|---|---|---|
| Xangk kgunv miungh lenc | | | 思前想后 |
| 想 | 惯 | 敏 | 伦 |
| 想 | 前 | 思 | 后 |

| | | | | | |
|---|---|---|---|---|---|
| jiul mangc lis jiul mingh meec daiv, | | | | | 怪我命不带, |
| 旧 | 忙 | 雷 | 条 | 命 | 没 代 |
| 我 | 何 | 有 | 条 | 命 | 不 带 |

| | | | |
|---|---|---|---|
| Kgaiv kgos wuic yaenl | | | 公鸡鸣叫 |
| 介 | 各 | 为 | 应 |
| 公 | 鸡 | 鸣 | 叫 |

| | | | | | |
|---|---|---|---|---|---|
| yaoc kgags songk nyil biaenl saip nyac. | | | | | 我会把梦托给你。 |
| 尧 | 康 | 送 | 呢 | 并 | 赛 牙 |
| 我 | 各 | 放 | 个 | 梦 | 给 你 |

# Liogc Xebc Nyinc Xongl
# 人生六十

Liogc xebc nyinc xongl

六　喜　年　兄

六　十　年　中

人生六十

wangx xangk lis nyac dongc bail saok，

往　想　雷　牙　同　败　少

总　想　有　你　同　到　老

总想有你同到老，

Naih nyac wangk yaoc bail maoh

奶　牙　放　尧　败　猫

今　你　弃　我　嫁　他

如今你抛我嫁他

kgaox sais nyaml nyogl

考　哉　尿　念

里　心　烦　燥

心头厌烦

yaoc yah gaiv nyac dogl bens kuip.

尧　丫　界　牙　惰　本　溃

我　就　因　你　遭　落　难

我因为你遭落难。

# Yinc Luh Xonv Xangh
## 返转路途

Yinc luh xonv xangh
银 汝 转 香
路 途 返 转

返转路途

xaop xingc kgags xonv xangh，
孝 行 康 转 香
你 各 自 返 转

你各知回路，

Mus nyac yiuc xonc luih langh
木 牙 油 传 追 浪
后 你 乘 船 下 浪

日后你乘船游浪

xaop xingc wangk jiul yangl kgags jinc.
孝 行 放 旧 样 康 田
你 自 弃 我 秧 各 田

抛我秧另田。

# Naih Nyac Yiuc Xonc Luih Haop
## 今你乘船下滩

| | | | | | | | |
|---|---|---|---|---|---|---|---|
Naih nyac yiuc xonc luih haop 今你水流下河
奶 牙 油 传 追 号
后 你 乘 船 下 滩

xaop xingc lamc jiul nyenc gueenv kgaov, 忘了旧情伴，
孝 行 兰 旧 宁 贯 告
你 各 忘 我 人 熟悉 旧

Begs kgeis bail maoh 你不嫁他人
百 该 败 猫
虽 不 嫁 他

daol buh nanc wenp siip. 咱也难结缘。
到 不 难 份 岁
咱 也 难 成 亲

# Benh Liogc Xebc Nyinc
# 各六十年

Benh liogc xebc nyinc                                  各六十年
本　略　许　年
各　六　十　年

wenx buh xap yongc yih,                               也就这样过，
稳　不　下　荣　衣
真　是　不　容　易

Naih yaoc lieenc map                                  今我就是
奶　尧　连　吗
今　我　就　来

lonh duc nyenc yanc singc nyih                        欠缺家妻
乱　独　宁　然　神　宜
愁　个　人　家　伴　侣

jiul xingc luiv lonh yenc.                            我才常忧愁。
旧　行　经　乱　艮
我　才　常　忧　愁

# Qeenk Nyac Bix Deic Sungp Jav

## 劝你莫听他言

Yac daol banl miegs
牙 到 办 乜
俩 我 男 女

我俩男女

sungp mangc lix lail
送 忙 吕 赖
话 什么 语 好

好言好语

baov nyac digs bix
报 牙 堆 俾
劝 你 切 莫

劝你切莫

deic bail gail jav wah,
台 败 界 架 哇
拿 去 远 那 讲

拿去远处讲,

Nuv nyac meenh deic sungp jav
怒 牙 焉 台 送 架
若 你 仍 拿 话 那

若你记那话语

qak dangc ngox weenh sinp.
架 堂 五 万 千
升 上 五 千 万

地久加天长。

# Songc Maoh Pogp Donh Jinc

## 任他破家产

Yac daol banl miegs　　　　　　　　我俩男女
牙　到　办　乜
我　俩　男　女

sungp mangc lix lail　　　　　　　　好言好语
送　忙　吕　赖
话　什么　语　好

baov nyac digs bix　　　　　　　　劝你切莫
报　牙　堆　俾
劝　你　切　莫

deic bail gail jav sonk,　　　　　　拿去远处算,
台　败　界　架　算
拿　去　远　那　算

Nuv nyac ebs jiuc　　　　　　　　若你心肠
怒　牙　而　条
若　你　扭　颗

sais bens lianx xonv　　　　　　　难以回转
哉　本　两　转
心　本　难　转

songc maoh pogp donh jinc.　　　任他破家产。
从　猫　破　端　田
任　它　破　家　产

相思之苦

# Dah Kgoc Wul Menl Siic Map

# 从天齐降凡间

Yac daol banl miegs　　　　　　　　　我俩男女
牙　到　办　乜
我　俩　男　女

dah kgoc ul menl siic map　　　　　　天上降临
他　各　务　闷　谁　吗
从　那　上　天　同　来

dogl kgoc jenc jemh kgangl hat　　　　落到大地
惰　各　岑　今　扛　哈
落　到　山　冲　江　河

yaoc meenh gas nyac　　　　　　　　　我仍等你
尧　免　卡　牙
我　仍　等　你

map miac aol nyil wac dih donh,　　　咱俩要那秧下田,
吗　麻　奥　呢　娃　堆　端
来　俩　要　那　秧　插　田

Nyimp meec daiv nyac　　　　　　　　若不带你
吝　没　代　牙
仍　不　带　你

juh lagx nyenc lail　　　　　　　　　姣情好友
丘　腊　宁　赖
姣　仔　人　好

geel naih daengl lionc　　　　　　　在此相连
格　奶　荡　传
里　这　相　围

dangl  duc  nyenc  daol

荡　独　宁　到

好　像　人　们

　　　　好像人们

mieel  nyil  magx  dees  dinl.

灭　呢　马　得　邓

崩　那　土　下　脚

　　　　崩那脚下土。

# Lidx Longc Lidx Sais Saip Juh Miungh

## 掏心掏肺让你看

Lidx longc lidx sais saip juh miungh,
吕 龙 吕 哉 赛 丘 敏
掏 心 掏 肺 让 你 想

掏心掏肺让你看，

Naih nyac weex duc yiuh mogc
奶 牙 也 独 优 母
今 你 做 只 鹞 鹰

今你像那鹞鹰

kganl kgeis xangk dingh
按 该 想 灯
不 肯 降 落

不肯降落

xingc kgags douv yaoc
行 康 斗 尧
各 自 丢 我

丢下我郎

soh kgoc dav jenc xeengp.
梭 各 大 岑 戏
守 那 中 山 坡

空守半山中。

# Sais Kgeis Wangk Nyangc
## 心中难舍

Naih yaoc xah wox meec lis          早知没结果
奶 尧 虾 五 没雷
今 我 就 知 没 有

jiul siip siit meenh xangk,          死都还在想，
旧 岁 昔 免 想
我 至 死 仍 想

Sais kgeis wangk nyangc          痴心恋情妹
哉 该 放 娘
心 不 弃 娘

dos nyil dal taemk pangp.          睁起两眼望。
多 呢 大 邓 胖
望 些 眼 低 高

# Lis Nyil Naemx Dal Daoc
# 泪水心中流

Juh miungh touk yaoc,　　　　　你想到我
丘　敏　透　尧
你　想　到　我

nyac qingk pak sais kgeis?　　　伤心不?
牙　听　怕　哉　该
你　觉　伤　心　不

Yaoc miungh touk juh　　　　　我想到你
尧　敏　　到　丘
我　想　　到　姣

aol miac xeengk guiuh　　　　两手撑腮
奥　麻　现　归
要　手　撑　腮

lis nyil naemx dal daoc.　　　眼泪往下流。
雷　呢　赦　大　桃
有　些　泪　眼　盈

# Xangk Touk Sungp Dungl Bags Naih
## 想到往日话语

Nyaemv yaoc nyimp xaop　　　　　晚上同你
　吝　　尧　　吝　　孝
　晚上　我　　跟　　你

maix banx nyaoh weep　　　　　　情伴坐夜
　买　板　鸟　或
　情　伴　坐　夜

denv touk xebc xonh　　　　　　　回想许多
　邓　透　许　专
　想　到　许　多

kgongl fut kgaox jenc　　　　　　　山上活路
　共　福　考　岑
　活　路　里　山

qik jiul langc kgags sags，　　　　只我一人做，
　去　旧　郎　康　杀
　只　我　郎　各　干

Xangk touk sungp dungl bags naih　　想到往日话语
　想　到　送　动　巴　奶
　想　到　话　语　这　句

yaoc yah gaiv nyac waih sinp jangl.　　我就心肠乱。
　尧　丫　界　纳　歪　寸　降
　我　只　因　你　伤　千　般

相思之苦

137

# Nyimp Jiul Langc Kgangs Jiuv
## 跟我悄悄讲

Juh jiul
丘 旧
情 伴

情伴

lianx meec bags mangc il sungp
两 没 巴 忙 义 送
从 没 句 什么 一 话

从无只言片语

nyimp jiul langc kgangs jiuv,
吝 旧 郎 康 旧
跟 我 郎 讲 单

对我悄悄说，

Jodx naih bail lenc
却 奶 败 伦
从 今 往 后

从今往后

jinc dih banx lail
田 堆 板 赖
田 地 友 好

别人家有良田

nyac kgags nyimp maoh bail sank yangl.
牙 康 吝 猫 败 散 样
你 自 跟 他 去 插 秧

你各跟他把秧插。

# Sinp Bags Sungp Wap
## 千言万语

Sinp bags sungp wap
寸　巴　送　化
千　句　话　语

千言万语

digs bix yenv jiul langc jeml pak,
堆　俾　应　旧　郎　定　怕
切　莫　怪　我　郎　使　坏

切莫怪我郎,

Naih nyac muih qingk banx wah
奶　牙　美　听　板　哇
今　你　妹　听　友　讲

你为别人

juh yuh kgags bail
丘　优　康　败
你　又　各　去

自愿嫁去

naengl jiul langc naih
嫩　旧　郎　奶
剩　我　这　郎

剩下我郎

suiv kgaox geel pugt
瑞　考　格　不
坐　在　边　灰

呆坐炉边

yaoc kganl gaiv juh
尧　干　介　丘
我　只　因　你

我郎为姣

ugs jiuc soh dav nac.
谷　条　梭　大　纳
出　条　气　中　脑

气冲脑门。

# Yaoc Meec Xebp Meec Xangk
## 我百思细想

Maenl yaoc meec xebp meec xangk　　　我不思不想
闷　尧　没　秀　没　想
天　我　不　思　不　想

xangx jux il jav nyaoh,　　　也就这样过,
想　九义架　鸟
也　就这样　过

Xenl xangk yac daol liogc xebc laox　　　本想我俩六十终老
正　想　牙　到　略　许　老
真　想　俩　我　六　十　老

naih yaoc nuv nyac　　　今我见你
奶　尧　怒　牙
今　我　看　你

weex kgeis wenp daoh　　　做不了主
也　该　份　刀
做　不　成　主

douv yaoc gkout kgags laos longl　　　丢我虎踞深山
斗　尧　谷　康　劳　弄
丢　我　虎　各　进　林

jiul siip nuv juh　　　我才知你
旧　岁　怒　丘
我　就　看　你

weex duc liongc kgaox nyal.　　　想做河中龙。
也　独　龙　考　孖
做　条　龙　里　河

# Xaop Mangc Haot Jiuc Mingh
# 你命真的好

Jungh lagx Guv Xul Sams Baos
今　腊　故　秀　善　保
同　在　古　州　三　宝

同住古州三宝①

xaop mangc haot jiuc mingh,
孝　忙　毫　条　畏
你　何　好　条　命

你为何命好,

Naih mangc douv yaoc
奶　忙　斗　尧
今　何　丢　我

今何丢我

jil yodx naemx lingh
计药　赦　冷
蝉儿　水　凉

树上蝉儿

kgags bail nees jenc pangp.
康　败　叶　岑　胖
自　去　哭　山　高

各去高山哭。

---

①古州三宝:古州,贵州省榕江县的别称;三宝,榕江县车江侗寨连同宰章、洛香等侗寨的统称。

相思之苦

# Duil Kgeis Wenp Naenl
## 李不结果

Duil kgeis wenp naenl
对 该 份 嫩
李 不 结 果

李不结果

xah wox maenl yangc kgav,
虾 五 闷 阳 架
就 知 天 枯 丫

就知天会枯，

Baenl kgeis xunk nangc
笨 该 秀 囊
竹 不 冒 笋

竹不生笋

gkait jiul langc dah wap.
才 旧 郎 他 化
害 我 郎 过 花

丢我郎过时。

# Donh Qingk Kgeis Lail
# 真的难过

Maenl yaoc nyaoh yanc 　　　　　白天在家
　闷　　尧　　鸟　然
　天　　我　　在　家

lis nyil biingc banx nyenc gungc　　有些朋友
雷　呢　平　板　宁　谷
有　些　朋　友　人　多

kgangs jiuc lix daengl lonh,　　　说些悲愁话，
　康　条　吕　荡　乱
　谈　些　话　悲　忧

Naih mangc douv yaoc 　　　　　今何丢我
　奶　忙　斗　尧
　今　何　丢　我

donh qingk kgeis lail 　　　　　悲伤难过
　端　听　改　赖
　常　觉　不　好

gobs meec baov noup hap.　　　不知怎么活。
　各　没　报　怒　哈
　只　不　讲　如何　了

# Xedt Xih Liangp Xongs Duih
# 盼想好愿望

Songc dengv map guangl
　从　邓　吗　逛
　从　阴　到　亮

从阴到阳

xedt xih liangp xongs duih,
　血　西　亮　兄　都
　都　是　想　像　别人

盼想好愿望,

Naih mangc douv yaoc
　奶　忙　斗　尧
　今　何　丢　我

今何丢我

nyinc nyinc il kgaov
　年　年　义　告
　年　年　如　旧

年年如此

xongs duc naov tenk bial.
　兄　独　闹　藤　扒
　像　只　竹鼠　拱　岩石

像那竹鼠拱岩。

Naih yaoc heit yuv
　奶　尧　海　又
　今　我　偏　要

今我偏要

jiml dal naengc banx
　定　大　能　板
　睁　眼　看　伴

睁眼看友

banx xedt lis nyac
　板　血　雷　牙
　伴　都　有　你

他人得你

douv yaoc langc nyaoh mih,　　丢我郎空坐，
　斗　尧　郎　鸟　美
　丢　我　郎　坐　空

Naih mangc douv yaoc　　今何丢我
　奶　忙　斗　尧
　今　何　　丢　我

lenx saemh sigt jiuv　　一生孤单
　冷　生　昔　旧
　终　生　平　淡

jiul buh lianx dungh nyenc.　　平淡不如人。
　旧　不　两　冻　宁
　我　也　难　见　人

# Banx Nyenc Mingh Lail
# 朋友好命

Banx nyenc mingh lail
板　宁　命　赖
朋　友　命　好
朋友好命

maoh xingc lis nyac
猫　行　雷　牙
他　才　有　你
他才有你

weex nyil siip fuh haot
也　呢　岁　夫　毫
做　对　夫　妻　好
成对好夫妻

yaoc yah gaiv nyac banh sais saok,
尧　丫　介　牙　班　哉　少
我　因　为　你　伤　心　常
我因你姣伤心多,

Naih yaoc wedc xup seik xangk
奶　尧　稳　秀　岁　想
今　我　回　头　细　想
今我回头再想

xenh naih menl kgeis weex mangv
心　奶　闷　该　也　慢
如　今　天　不　做　边
天不帮忙

kgags map dangv jiul langc lonh yenc.
康　吗　荡　旧　郎　乱　艮
自　来　使　我　郎　忧　愁
我郎多悲伤。

# Seik Nuv Juh Daengh Saox Juh
## 细看你跟情伴

Seik nuv juh jiul
岁　怒　丘　旧
细　看　情　伴

眼看情伴

weex nyil lemc laox nyanl xenp
也　呢　伦　老　念　信
做　那　风　大　月　春

像那春风

naengl jiul langc naih
嫩　旧　郎　奶
剩　我　郎　这

剩下我郎

suh map weex nyil menl daov mas,
书　吗　也　呢　闷　倒　麻
就　来　做　那　天　翻　云

做朵云降落,

Seik nuv juh daengh saox juh
岁　怒　丘　当　少　丘
细　看　姣　跟　夫　姣

细看你跟你夫

weex kgongl liangc liuux jaenl guis
也　共　良　柳　定　归
做　棵　杨　柳　埂　溪

做那溪边杨柳

nyac mangc kgeis map
牙　忙　该　吗
你　何　不　来

你何不来

daengh yaoc xuip taemk pangp.
当　尧　秀　邓　胖
跟　我　吹　低　高

让我风吹拂。

# Yeml Kgeengl Daengl Liangc
# 阴间相约

Nyenc daol dah kgoc　　　　　　　有缘人们
宁　到　他　各
人　们　从　那

yeml kgeengl daengl liangc　　　　阴间相约
应　见　荡　良
阴　间　相　邀

maoh xih map kgoc yangc daengl lis,　来到阳间成夫妻,
猫　西　吗　各　阳　荡　雷
他　才　来　到　阳　间　有

Naengl jiul langc naih　　　　　　剩下我郎
嫩　旧　郎　奶
剩　我　郎　这

dah kgoc yeml kgeengl map mih　　独自阴间来
他　考　应　彦　吗　美
从　那　阴　间　来　空

xah wox jids meec wenp.　　　　　阳间孤一人。
虾　五　及　没　份
就　会　结　不　成

# Biingx Nyinc Nyih Jus

## 年满十八

Naengl uns nyil nyil
嫩　温　呢　呢
小　小　时　候

小小时候

jiul siip mix wox fut,
旧　岁　美　五　福
我　还　不　知　苦

我不知苦，

Naih yaoc biingx nyinc nyih jus
奶　尧　品　年　宜　九
今　我　满　年　二　九

年满十八

yil bix kgus nyuc kgaox jonh
义　俾　姑　牛　考　专
好　比　牯　牛　里　圈

好比圈里黄牛

xonv map lonh keip bac.
转　吗　乱　去　八
转　来　愁　犁　耙

转来怕耕耘。

# Jaenx Geel Juh Suiv

## 靠近身边

Naih nyac weex duc
奶　牙　也　独
今　你　像　只

今你做只

mogc nyaoh kgaox biac
猛　鸟　考　茶
鸟　在　里　丛

鸟在树丛

naengl jiul langc naih
嫩　旧　郎　奶
剩　我　郎　这

剩下我郎

suh map weex duc seit yenl gonh,
书　吗　勿　独　才　应　官
就　来　做　只　雄　鹰　绕

就来做只雄鹰绕，

Naih yaot heit yuv
奶　尧　海　又
今　我　还　要

今我想要

jaenx geel juh suiv
井　格　丘　瑞
靠　边　姣　坐

靠近姣坐

qik nyac juh buh denl.
去　牙　丘　不　邓
那　你　姣　也　退

姣却往后退。

# Qingk Sungp Juh Xangp
## 听姣的话

| | |
|---|---|
| Qingk sungp juh xangp<br>听　送　丘　向<br>听　话　情　伴 | 听姣的话 |
| jiul siip wox dah mih,<br>旧 岁 五 他 美<br>我 就 知 落 空 | 情缘断, |
| Qingk sungp singc nyih<br>听　宋　神　宜<br>听　语　情　伴 | 听情人语 |
| yaoc yah gaiv nyac<br>尧 丫 介 牙<br>我 因 为 你 | 我因为你 |
| dengv kgeis guangl.<br>邓　该　逛<br>暗　不　明 | 心不明。 |

# Nyaemv Nyaemv Nyaoh Weep

## 月堂夜深

Dal nuv banx jav　　　　　　　　　　眼看别人
大　怒　板　架
眼　看　别　人

gobs il yaoc nyac　　　　　　　　　　年纪一样
各　义　尧　牙
好像　我　你

maoh buh bail kgoc lenc daengl lis,　　最终结情缘,
猫　不　败　各　伦　荡　雷
他　也　去　那　后　相　得

Wenx buh yagc sac　　　　　　　　　　说来可怜
稳　不　养　杀
总　也　可　怜

yac daol banl miegs　　　　　　　　　我俩男女
牙　到　办　乜
俩　我　男　女

nyaemv nyaemv nyaoh weep　　　　　晚晚坐夜
吝　吝　鸟　或
晚　晚　坐　夜

nyac buh kgags bail　　　　　　　　　你也各去
牙　不　康　败
你　也　各　去

douv saip gkeep jungh yanc.　　　　　跟他把手牵。
斗　赛　格　今　然
让　给　别人　共　屋

相
思
之
苦

# Kuenp Kuenp Kgeis Xonc
## 样样不全

Xenl xangk yac daol         回想我俩
正　想　牙　到
真　想　我　俩

il bix yangl siis jungh dangc    好比秧苗共田
义俾　样　虽　今　堂
好比　秧　苗　共　塘

yaoc buh wangx xangk       我也本想
尧　不　往　想
我　也　总　想

deic bail xebt nyil dangc yav guis,    拿去插溪边，
台　败　血　呢　堂　亚　归
拿　去　插　那　塘　田　溪

Naih mangc douv yaoc       今何丢我
奶　忙　斗　尧
今　何　丢　我

kuenp kuenp kgeis xonc       样样不全
困　困　该　传
样　样　不　全

wox dah geel nup          不知从何
五　他　格　怒
知　他　处　何

eengv map lionc juh nyimp.      又来邀你连。
彦　吗　传　丘　否
又　来　围　妹　跟

相思之苦／

# 后　记

　　《侗族民间口传文学系列》是由贵州民族出版社在贵州出版集团的领导下组织和策划的重点出版项目,历经多年,逐年出版。

　　"侗族民间口传文学系列"第 2 辑一共六本经过两年多时间的磨炼,终于全部完成了,这在传统文学逐渐式微的背景下显得弥足珍贵。当代社会,传统的民间文学相对于通俗文学而言,发展尤其艰难。其一,读者面窄,无法成为大众文学;其二,民间文学根在民间,而在民间的根很不牢固,受各方面因素的影响和冲击,其赖以生长的土壤日渐变差,生存环境日渐恶劣,没有维持生命的养分,生命自然得不到保障。可见,包括侗族口传文学在内的民间文学要想生存何其不易,发展更是艰难。同时,也借此机会呼吁更多有识之士投入到挖掘、整理民间文学的行列中来,保护和弘扬优秀的民族民间文化。

　　侗族的民间文学,形式多样,内容丰富多彩。由于历史上侗族没有文字,侗族的历史文化只能以歌谣的形式用口传的方式代代相传。"侗族民间口传文学系列"第 2 辑是在 20 世纪 70 年代收集到的汉字记侗音歌本基础上整理翻译而成。在这之中,退休干部杨成怀提供了用于翻译的原始资料,为整个项目的开展奠定了基础,榕江县车江侗学研究会石建基参与了项目的协调工作,为翻译工作的顺利进行提供了帮助。杨艳红、杨广珠、杨亚江作为直接翻译者,利用本职工作之外的时间为本项目的有序进行及最终完成付出了极大的辛劳。作为本项目的共同执行者只能在此互相勉励,汗水虽然湿润了我们的衣襟,但相信大家的努力付出会得到人们的肯定,得到侗族群众的赞扬。

在整理翻译过程中,由于资料来源分散,基于汉字记侗音的缘故以及歌本拥有者抄写习惯的不同,翻译者常常会遇到难解的问题和困惑,因抄写者多已离世,无法直接询问和了解歌词的含义,只能遍访民间歌师,多方收纳结果,再来统一,最终确定相对正确的答案,有时为了一两句话而耽误一两个星期,这给整个翻译工作带来了较大的困难。尽管如此,本项目参与者还是克服了种种困难,特别是时间上的困难,解决了一个又一个问题,最终较好地完成了本项目。当然,由于时间的限制和参与者对侗族古歌古词含义了解的局限,在本项目中,难免会存在不足和遗漏,本项目付梓成书后,期盼民间歌师和专家学者指正。

卜　谦

2018 年 11 月

相思之苦